U0569799

文艺学研究入门书系
吴子林 主编

国家社科基金重大项目"百年来中国共产党文艺思想中的人民主体性阐释研究"（23&ZD275）成果之一

文艺美学

寇鹏程◎著

浙江工商大学 出版社 | 杭州
ZHEJIANG GONGSHANG UNIVERSITY PRESS

图书在版编目（CIP）数据

文艺美学 / 寇鹏程著. -- 杭州 ：浙江工商大学出版社，2025. 5. --（文艺学研究入门书系 / 吴子林主编）. -- ISBN 978-7-5178-6390-8

Ⅰ. I01

中国国家版本馆 CIP 数据核字第 2025KM8820 号

文艺美学
WENYI MEIXUE

寇鹏程 著

出 品 人	郑英龙
策　　划	任晓燕　陈丽霞
责任编辑	沈明珠
责任校对	杨　戈
封面设计	朱嘉怡
责任印制	屈　皓
出版发行	浙江工商大学出版社
	（杭州市教工路 198 号　邮政编码 310012）
	（E-mail：zjgsupress@163.com）
	（网址：http://www.zjgsupress.com）
	电话：0571-88904980，88831806（传真）
排　　版	杭州浙信文化传播有限公司
印　　刷	杭州高腾印务有限公司
开　　本	880 mm×1230 mm　1/32
印　　张	8.125
字　　数	148 千
版 印 次	2025 年 5 月第 1 版　2025 年 5 月第 1 次印刷
书　　号	ISBN 978-7-5178-6390-8
定　　价	42.00 元

版权所有　侵权必究

如发现印装质量问题，影响阅读，请和营销发行中心联系调换

联系电话　0571-88904970

总　序

主编这套书系的动机十分朴素。

文艺学在文学研究中一直居于领军地位，对于文学研究的各个领域有着重要的方法论意义。然而，真正了解文艺学研究现状及其态势者并不多。出于实用主义的考虑，大多数文学专业的本科生、研究生并未能较为深入地理解和把握"批评的武器"。为了满足广大文学爱好者、研究者的理论需求，我们组织编写了这套"文艺学研究入门书系"。

"文艺学研究入门书系"共 10 本，分别是《马克思主义文学理论》《文学基本理论》《中国古代文论》《西方文论》《比较诗学》《文艺美学》《艺术叙事学》《网络文学》《媒介文化》《文化研究》。这套书系的作者都是学界的中坚力量，他们在各自的领域深耕细作数十年，对其中的基本概念、范畴、命题，以及研究论题、研究路径、发展方向等都了如指掌，并有自己独到的见地。

"文艺学研究入门书系"旨在提供一个开放的思想 / 理论空间，每本书都在各章精心设计了"研讨专题"，还有相关的"拓展研读",以备文学爱好者、研究者进一步阅读、探究之需,以期激活、提升其批判性的理论思维能力。

"文艺学研究入门书系"重视理论的指导性与实践性,在叙述上力求简明扼要、深入浅出,努力倡导一种学术性的理论对话,在阐释各种理论的过程中,凸显自己的"独得之秘"。

我希望"文艺学研究入门书系"的编写、出版对广大文学爱好者、研究者有所助益。让我们以昂扬奋发的姿态投身于这个沸腾的时代,用自己的双手和才智开创文艺学研究的美好未来。

是为序。

吴子林

2024 年 5 月 22 日于北京不厌居

目 录 *//Contents*

第一章
/Chapter 1/

文艺的概念

• • • • • • •

黑格尔在其《美学》中指出，美学这门科学的正当名称是"艺术哲学"，更确切一点说是"美的艺术的哲学"。如果按黑格尔的说法，那么文艺美学的意思就是"文艺的哲学"。而"哲学"在通常意义上来说是理论之思，是本体之思，是普遍原理与真理的追问，似乎是仰观天象的事情。"文艺美学"应该是对文艺的理论之思，本体之问。中国古代虽然没有"文艺美学"这个概念，但从不缺乏文艺的追思，从《尚书》"诗言志"到体大虑周的《文心雕龙》，从曹丕的《典论·论文》到王国维的《人间词话》，从陆机的《文赋》到叶燮的《原诗》，从司空图的《二十四诗品》到严羽的《沧浪诗话》，其实都是中国古代的"文艺美学"。虽然有人说，中国古代的诗文评散而碎乱，不成体系，没有整体性的"文艺"这种观念，只是一些门类艺术的经验之学；但这并不是说我们没有整体性的艺术之思，像《文学雕龙》这样的作品，足以光耀古今。当我们进入现代学术语境之时，各种"文学概论""文学原理"与"艺术原理"的文艺美学之思不断出现。我们文艺的美学探索从未断绝，虽然"文艺美学"这个概念在汉语学术话语中正式出现是 20 世纪 70 年代的事情，但我们的文艺的理论之思是源远流长的。从这个意义上说，"文艺美学"是一门古老而年轻的学问。

第一节 ●
文艺美学之名 ●

　　从字面意义来看，文艺美学这一概念是一个好概念。因为从美学来看，看到了文艺；而从文艺来看，又看到了美学。柏拉图从理念出发探讨"美本身"而不计"美的东西"，所以在柏拉图的世界里，文艺这种东西是对永恒理念模仿的模仿，是其影子的影子。文艺是不真实的，何况文艺还是情感方面的东西，会引起人的哀怜与感伤，还把神写得像人一样，这是他驱逐文艺的原因，在柏拉图的美学理论中，文艺的位置很低。虽然康德的《判断力批判》是谈美学的划时代巨著，但是他谈的是那种直观表象直接和我们的知觉相连的快感，虽然他那个时代有歌德这样的文豪，之前更有达·芬奇、米开朗琪罗、拉斐尔、莎士比亚、塞万提斯等大师，但是他没有举过文艺方面的例子，所以康德的美学没有直接的文艺。由此，文艺美学这个概念可以杜绝那种抽象的美学，把美学和具有永恒魅力的文艺连在一起，恢复美学"感性学"的原貌。而从文艺来看，我们常常把文艺中描写的世界和现实世界对等起来，批评文艺不真实，常常用现实的政治标准来评判文艺，文艺变成了科学报告，变成了政治报告，这种文艺没有美学了，由此文艺美学让文艺回归到美学，强调文艺的美学维度、艺术性维度，试图把文艺还给艺术。由此看来，文艺美学像是"文艺＋美学"或者"美学＋文艺"，或者说是文艺的美学与美学的文艺，是哲学和文学的结合，是文学和艺术的结合，总之，文艺美学这个名字就有其独特的寄托。

　　汉语语境中，文艺美学这一概念的提出有其特定的历史背景，它是中国文艺学在特定历史时期的产物。有文艺美学，自然就有文艺政治学、文艺社会学、文艺心理学、文艺经济学等，正是有感于文艺社会学与文艺政治学的一家独大，中国学者在改革开放之初，提出了文艺美学这一概念，试图以此突出文艺的美学性质，以让其区别于文艺政治学、文艺心理学以及文艺社会学等，使文艺回归美学的内部研究。由于从 1840 年鸦片战争爆发到 1945 年抗日战争胜利，中国一直遭受外敌侵略，处于亡国灭种的边缘，因此，这百年里抗敌救亡运动成为中国的首要任务。文艺在这个历史过程中不可避免地与这个轰轰烈烈的民族救亡的首要任务纠结在一起，文艺与政治、时代使命的紧密纠缠一直是中国近现代文艺的特点，文艺的工具论、武器论、服务论是这一时期最重要的文艺理论。虽然这中间有王国维、朱光潜、梁实秋等人试图强调文艺自身的"自律性"特征，但其很快被

一种政治性、时代性的外部要求所淹没。20 世纪初，王国维
由于受到康德、叔本华等西方理论家的影响，强调文艺的非
功利性，要求文艺远离政治，他说："兹有一物焉，使吾人
超然于利害之外，而忘物与我之关系。此时也，吾人之心无
希望，无恐怖，非复欲之我，而但知之我也。"① 王国维认为
这样的东西非美术何足以当之乎，并且借鉴康德的观点，提
出：文学者，游戏的事业也。强调文学无利害，远离政治，
回归自身。这样的理论如果按其自身的内在逻辑发展下去，
文艺理论研究恐怕也会像西方文论那样走入为艺术而艺术的
"内部研究"轨道。但是由于鸦片战争以来中国独特的、严
重的时代危机，艰苦卓绝的革命斗争从外强行介入了中国文
艺学自身发展的内在逻辑。

　　由于帝国主义的入侵、旧中国自身的封建落后，中国面
临着亡国灭种的危险，在这样的时代里，谁能不奋起呐喊
呢？梁启超悲愤地说："中国之弱，至今日而极矣。居今日
而懵然不知中国之弱者，可谓无脑筋之人也；居今日而恝然
不思救中国之弱者，可谓无血性之人也。"② 救国救民是一切
有血性良知之人的首要任务，政治斗争、革命战争的时代强
行把救亡的任务加在了文学身上。虽然是加在文学身上，但

---

① 王国维：《王国维学术经典集》（上），干春松、孟彦弘编，江西人民出版社 1997
年版，第 51 页。
② 梁启超：《梁启超文选》（上），夏晓虹编，中国广播电视出版社 1992 年版，第
64 页。

却是历史的必然，人们把文学看成救亡图存的工具是理所当然、顺理成章的事，文学自身之外的力量成了文学发展的主要动力。梁启超 1902 年发表的《论小说与群治之关系》中对小说的认识就明显是一种由外部力量所决定的"外部认识"，他指出：欲新一国之民，不可不先新一国之小说；故欲新道德，必新小说；欲新宗教，必新小说；欲新政治，必新小说；欲新风俗，必新小说；欲新学艺，必新小说；乃至欲新人心，欲新人格，必新小说。新国新民的使命都落在了小说身上，小说成了振兴中华的最佳武器，文学被纳入革命斗争的范畴之内。鲁迅先生也是在文艺可以改造、拯救国民灵魂的信念之下弃医从文的。20 世纪 30 年代当梁实秋提出"文学属于全人类""与抗战无关论"时，鲁迅先生就以"阶级论"同其进行激烈的论战。中国共产党领导下的左翼文艺创作、革命文艺同样把文艺看成革命的工具。瞿秋白认为文学是政治留声机。毛泽东在《在延安文艺座谈会上的讲话》中指出文艺是团结人民、教育人民，打击敌人、消灭敌人的有力的武器，并且提出文艺批评有两个标准，一个是政治的标准，一个是艺术的标准，在这两个标准中以政治的标准为第一，确立起了文艺从属于政治的观点。1949 年后，在苏联政治化、教条化的僵化文论体系以及"冷战"世界格局等因素影响下，文艺仍然被认为是从属于政治的，被看成阶级斗争的工具，被看成革命事业中的一个齿轮或螺丝钉，一定程度上成了政治的图解与传声筒。可以说这一时期中国文学思想和文学理论的主潮是政治性的，一定程度上是一种泛政治化的文艺批评，文艺学的庸俗社会学性质比较突出，文艺研究的美学维度被严重遮蔽了。

党的十一届三中全会召开，中国迎来了思想解放的时代，文艺界也迎来了自己发展的新时期。学者开始回到文学本身的研究，纷纷远离所谓的外部研究，外部研究成了非文学研究的代名词，因此这一段时期文论的主潮是一种向内转的内部研究。这一时期文论研究首先对那种政治决定文艺，用行政命令对文艺创作进行一刀切的做法进行反拨，让人们摆脱"左"的思想的束缚。1979 年，全国兴起了一场关于"文艺是阶级斗争工具"的讨论。通过讨论，人们纷纷认为把文艺当作政治的附庸，把文艺当作阶级斗争的工具，不能揭示文艺的本质，是一种扼杀文艺创作和发展的有害的理论。1979 年 10 月，邓小平在《在中国文学艺术工作者第四次代表大会上的祝辞》中明确提出不要求文学艺术从属于临时的、具体的、直接的政治任务；1980 年 1 月，邓小平在题为《目前的形势和任务》的讲话中又明确指出不继续提文艺从属于政治这样的口号，因为这个口号容易成为对文艺横加干涉的理论根据，长期的实践证明它对文艺的发展利少害多。在这样思想解放的形势下，人们开始自觉地回归、探讨文学自身内在的独特规律，有意识地疏远文艺和社会政治、历史等的关系。

文学的审美性被认为是文学自身内在的最重要的特性，以前被忽视了，此时得到了空前的重视，在同一时期西方的审美研究很冷清的时候，审美在中国却一时间成为最热门的学问。有人在形容当时的盛况时，不无调侃地说在当时女孩子都去买美学书，以为美学就是关于美容的学问。这一时期兴起了各种关于文艺自身问题的讨论，如"形象思维"问题的讨论，"人性"问题的讨论，"性格二重组合原理"的讨论，文学"新方法论"的讨论，"文学主体性"的讨论，文体和文学语言的讨论，文学本体、文学本质的讨论，等等，对文学内在规律和特点的讨论成为人们关注的焦点。人们自觉地重视文学理论的学科建设，要求建立科学的学科知识体系，回归文学本身。

由于改革开放，西方现当代各种文艺思潮被如饥似渴的人们一股脑儿地介绍到中国来，唯美主义、象征主义、达达主义、意识流、精神分析、形式主义、结构主义、存在主义、荒诞派、符号学、阐释学、系统论、信息论、控制论等西方各种流派、各种观点、各种方法以疾风暴雨之势传入国内。短短几年时间，西方近百年出现过的各种文艺思想、观念都在中国走了一遭，令人眼花缭乱，人们还没来得及理解、消化一个西方理论，另一个新的西方理论又成了新的中心话题，人们满嘴新词，还没来得及理解其真正内涵就又奔赴下一个新理论了。在这样的新词面前，人们疲于奔命，人们急切地把西方话语拿来作为自己的理论资源，强调文学自身内在的特点，强调远离武器工具论与阶级论。正是由于对那种政治化、工具化的文艺研究的不满，在 20 世纪 80 年代初，一些年轻的中国文艺学研究者提出了"文艺美学"这个概念，以此强调研究文艺自身的美学的维度。

我们知道美学本身是一个古老而年轻的学科。很早以来人类就有各种各样的美学思想。甲骨文里就有"美"这个字，西方也在公元前 6 世纪就有了自觉的对美的探索，而具有审美意识的审美创造更是在几万年之前的原始人类文明中就已经存在了。但是，美学却是在 1750 年鲍姆加登发表了他的《美学》之后，才作为一门学科诞生的，鲍姆加登也因此被称为"美学之父"。虽然著名美学家克罗齐认为应该把维科 1725 年《新科学》的发表作为美学诞生的标志，但那也是 18 世纪的事情了。所以，美学作为一门学科登上理论的舞台是很晚的事情。当初，鲍姆加登的"美学"就是"感性学"的意思。因为西方一直只有理性的学问，感性一直被认为是不可靠的，是值得怀疑的对象。从笛卡尔的理性主义到启蒙运动，人们大胆运用自己的理性，把一切放在理性的法庭来审判，理性主义发展到了极致，走向了自己的辩证法。理性从解放人类的工具向束缚人类的一种新的枷锁的方向发展。因此 18 世纪以来，在理性大潮之中渐渐兴起了一股感性的思潮来对抗理性主义的绝对霸权，比如卢梭就指出现代科学技术的进步并不能带来同步的幸福，科学技术对人也是一种束缚。法兰克福学派所说的启蒙的辩证法已经开始了，人们开始呼唤感性的价值，逐渐意识到感性也是值得研究的。正是在这样的时代形势之下，作为"感性学"的美学才应运而生。

而中国学科形态的美学的建立和发展则是在19世纪40年代鸦片战争以后，美学是随着国门的洞开、随着外国思想和西方列强的坚船利炮一起涌入中国的。不少当时的知识分子接受了一些西方的美学思想，以此来解释中国的文艺现象，并形成了自己的新的美学理论。在中国，"美学"一词最早出现在一些传教士的传教活动中。1866年，英国传教士罗存德在编辑的《英华字典》中首先用到了"审美之理""佳美之理"等词。1875年，传教士花之安最早用了"美学"这个概念。1900年，侯官县（今福州市）人沈翊清出版《东游日记》，提到了日本师范学校开设"美学"或"审美学"一课的事情。王国维在1902年翻译日本学者牧濑五一郎的《教育学教科书》、桑木严翼的《哲学概论》时使用了"美学""审美""美育"等词。由于王国维的特殊贡献，人们在谁最早使用"美学"这个问题上常常联想到王国维。中国现代美学的发展第一个时期是19世纪末到20世纪上半期。这个阶段中国人初次与西方美学思想有了接触，属于中国现代美学的草创时期。王国维可以说是把近代西方美学思想比较系统地介绍到中国来的第一人。他主要介绍了叔本华、康德的美学，接受了他们的一些思想，提出生活之本质，欲而已矣，艺术之本质，非功利之形式而已矣。王国维还把叔本华和康德的一些思想结合起来，认为"无欲"就是非功利的审美境界，"无欲故无空乏，无希望，无恐怖；其视外物也，不以为与我有利害之关系，而但视为纯粹之外物。此境界唯观美时有之"①。而且他把这种新的美学思想运用到自己的著作《〈红楼梦〉评论》中，以西方的美学思想来解释中国的艺术作品，这对中国美学的发展产生了重要的影响。同时，20世纪初的蔡元培作为学贯中西的教育家，曾到莱比锡大学留学，深受康德思想影响。他把康德美学介绍到中国，并且综合吸收了当时包括移情说美学在内的多种学说，将其融入自己的美学理论中，提出"以美育代宗教"的主张，对中国美学产生了深远影响。王国维、蔡元培可以说是中国现代美学的开山祖师。20世纪二三十年代以来，中国的美学获得了进一步的发展。著名美学家朱光潜先生翻译、介绍了很多西方的美学思想，他的《文艺心理学》《变态心理学》《谈美》等著作，将康德的形式主义美学、克罗齐的"直觉说"美学、布洛的"距离说"美学、里普斯的"移情说"美学、

---

① 王国维：《王国维文集》第3卷，姚淦铭、王燕编，中国文史出版社1997年版，第156页。

谷鲁司的"内模仿"说美学等兼收并蓄，不仅把西方的这些心理学美学、直觉主义美学介绍到中国，而且把它们和中国传统的美学思想融会贯通，提出自己"情趣意象化"的早期美学思想。他说："美就是情趣意象化或意象情趣化时心中所觉到的'恰好'的快感。"[1] 这表明朱光潜在引进西方现代美学思想的同时，已经比较深入自觉地运用这些理论来建构自己对美的理解了。朱光潜的作品流畅而优美，深入浅出，深受人们欢迎，产生了广泛的社会影响，对现代中国美学的发展做出了巨大贡献。而同一时期的宗白华先生也运用深厚的西方美学功底来研究中国自身古老的审美传统，阐释中国审美的意境和独特的空间意识与生存智慧，推动了中国的现代美学的发展。

中华人民共和国成立以来，我们建立了以马克思主义为指导的新的社会主义美学的体系。20 世纪 50 年代的美学大讨论集中于美的本质讨论，形成了客观说、主观说、主客观统一说、客观性与社会性统一说的所谓的四大观点。但这一时期的美学还是一个以认识论为主的美学。在 20 世纪六七十年代，由于深受政治意识形态革命的影响，美学的发展受到很大的冲击。正是出于对中国当时文学艺术研究中真

---

① 朱光潜：《朱光潜美学文集》第 1 卷，上海文艺出版社 1982 年版，第 153 页。

正美学价值取向思考短缺的状况的批判，一些学者提出了研究文艺的美学维度的问题。文艺美学这个概念也就应运而生了。文艺美学是中国的一个概念，在世界其他地方内并没有这样一个称呼。这可以说是一个新概念，关于什么是文艺美学，人们一下子难以界定清楚，因此有了种种争论。总的说来，大致有这样几种意见：第一种认为文艺美学是美学的分支学科，在大的学科范畴上属于美学学科；第二种认为文艺美学就是我们传统上所说的艺术哲学，就是艺术原理；第三种认为文艺美学是美学与文艺学的交叉学科，是美学和文艺学的桥梁，是不同于美学也不同于文艺学的一个第三学科；第四种认为文艺美学只是一个研究的领域，并不是一个独立的学科；第五种认为文艺美学既不是什么独立的学科，也不是独立的研究领域，它只是一个有中国特色的研究学派。周来祥先生的《文艺美学原理》在出版的时候，编辑建议把书名改得更具体一些，他便根据书的主要内容将其改为《文学艺术的审美特征和美学规律》，也就是强调从美学规律的视角来研究文学艺术。从文艺美学这个概念的诞生背景来看，我们认为它是从一种有中国特色的、强调从美学规律的视角来研究文艺的思路中形成的一种有中国特色的研究文艺的学派。它的主要内容是从美学独立的视角来研究文艺现象，介于文学原理与美学之间。

较早提出并写出具有开创性价值的《文艺美学》的胡经

之教授认为文艺美学并非文艺学和美学的简单相加，他说：
"如果说，哲学美学主要是研究人类审美活动共有的普遍规
律，那末，文艺美学就应着重研究艺术活动这一特殊审美活
动的特殊规律以及审美活动规律在艺术领域中（的）特殊表
现。"① 从《文艺美学》的主要内容来看，它就是强调从审
美的视角来研究文艺。我们可以看看胡经之教授的《文艺美
学》的主要命题：绪论认为文艺美学是美学与诗学的融合；
接着讲审美活动，认为审美活动是审美主客体的交流与统
一；第二章讲审美体验，认为审美体验是艺术本质的核心；
第三章讲审美超越，着重谈艺术审美价值的本质；第四章讲
艺术掌握，谈艺术是人掌握世界的一种方式，以及艺术掌握
世界的特殊性；第五章讲艺术本体之真，谈艺术真实的特殊
性；第六章讲艺术的审美构成，着重谈作为深层创构的艺术
美；第七章讲艺术形象，着重于审美意象及其符号化，即我
们传统所说的艺术传达；第八章谈艺术意境，即艺术本体的
深层结构；第九章着重于艺术形态学，即对各个门类的艺术
的审美特性的探索；第十章是艺术的阐释和接受；最后是艺
术审美教育。我们可以看出，胡先生大致围绕艺术的审美活
动、艺术的审美价值、艺术的审美创造、艺术的审美接受以

---

① 胡经之：《文艺美学》，北京大学出版社 1989 年版，序言第 2 页。

及艺术的审美形态和审美教育这几大方面，力图用审美的一般原理来解释艺术的生成、发展和价值等方面的问题。

从另外一部文艺美学的代表作即2003年出版的周来祥教授的《文艺美学》一书来看，其主要章节是：第三章"美的本质的探索"，第四章"美的本质与艺术的审美本质"，第五章"古代素朴的和谐美与古典主义艺术"，第六章"近代对立的崇高与浪漫主义、现实主义艺术"，第七章"丑与现代主义艺术"，第八章"荒诞与后现代主义艺术"，第九章"现代辩证和谐美与社会主义艺术"，第十章"再现艺术、表现艺术、综合艺术"，第十一章"艺术创造的美学规律"，第十二章"艺术作品的审美构成"，第十三章"艺术欣赏与艺术批评的美学原理"，等等。从这本书的内容来看，主要分为两个方面：一个是美学的基本问题"美是什么"；另一个是根据作者本人的"美是和谐"的理论来串讲文艺发展的历史，观照文艺的创造、文艺作品、文艺欣赏的审美规律。周来祥教授的《文艺美学》基本上是从审美的视角来观照文艺的本质、文艺的创造、文艺作品的构成、文艺欣赏。因此，我们可以说，"文艺美学"是一个独特的文艺研究视角，也是一个独特的文艺研究领域。对文艺的观照，可以有文艺社会学，也可以有文艺心理学，而文艺美学则主要是从美学规律的角度来观照文艺。由于既有一定的哲学美学的宏观视野，也有一定的文艺心理学等方面的具体描述，文艺美学是一个方法论的交叉领域，也是一个研究内容的交叉领域。那么首先，文艺是什么呢？这是一个基本的问题，也是一个前提性的问题，古今中外历来不乏对此问题的探索。

第二节 ●
中国的文艺之思 ●

　　"文"，《说文解字》里说"错画也"，意即交错纵横的笔画。《周易》里说"物相杂，故曰文"，"文"即是多种成分的融合杂糅，不单一。《左传》说"声一无听，物一无文，味一无果"，意思也是多物的杂糅。看来，单一的、枯燥的而不丰富的东西不是"文"，"文"是丰富多彩的花纹，是多个物体交融的眼花缭乱。而"学"，《说文解字》里说"学，觉悟也"，对某个东西有了自觉的意识，就是"学"。看来，"文学"就是对"文"的自觉了，就是对除了衣食住行这样必要生活之外的更多丰富生活的要求和觉悟了。"文学"两个字连用出现在汉字里也是比较早的事情了，孔子就说："文学：子游、子夏。"就是在"文学"这件事情上，子游、子夏做得比较好。但这里的"文学"更多意义上是文化典籍、文字文章的泛称，还不是近代意义上的纯文学。究竟什么是文学？我们对它的认识有一个历史发展的过程。

　　关于文艺，一个比较古老的观念就是它是神的授予，这是人类处于神话时期的一个观念。在这一时期，人们认为文艺起源于神，是从神那里得来的。如《山海经》里就有夏后启乘飞龙盗取仙乐的神话："大荒之中，有山名曰大荒之山，日月所入……是谓大荒之野。西南海之外，赤水之南，流沙之西。有人珥两青蛇，乘两龙，名曰夏后启。开上三宾于天，得《九辩》与《九歌》以下。此大穆之野，高二千仞，开焉得始歌《九招》。"[1] 这就是说夏后启曾经三次乘飞龙上天，到天帝那里做宾客，他偷偷地把天上的音乐《九辩》与《九歌》记录下来，带回到人间改编成《九招》，在高达两千仞的大穆之野演奏了这支歌曲，从此以后人间就有了美妙动听的音乐。杜甫形容美妙的音乐时说"此曲只应天上有，人间能得几回闻"，最美的东西来自天上，无法形容的美妙就是神的赏赐，这是人们早期的一个普遍思想。

先秦时期是中国文学观的初步形成时期。《左传》《尚书》和《诗经》里都有零星的对文学艺术的认识。《左传》里说"大上有立德，其次有立功，其次有立言"，此之谓三不朽，把"立言"的文字工作看作"三不朽"的事业之一。当然这里的"立言"不仅仅是指我们现在所谓的审美的文学艺术，但文学艺术作为"言"的一部分，被看作一项严肃的重大的事业，可以说从此以后一直就是中国认识文学艺术的一个传统。《易传》里说："君子进德修业。忠信，所以进

---

[1] 《山海经》，方韬译注，中华书局 2009 年版，第 257—258 页。

德也；修辞立其诚，所以居业也。"修辞立其诚，成为士大夫修业之大事。《易传》说："君子居其室，出其言善，则千里之外应之，况其迩者乎！居其室，出其言不善，则千里之外违之，况其迩者乎！言出乎身，加乎民；行发乎迩，见乎远。言行，君子之枢机。枢机之发，荣辱之主也。言行，君子之所以动天地也，可不慎乎?"①慎言、修辞成为古之知识分子的一桩大事。曹丕说文章是"经国之大业，不朽之盛事"，道德文章成为中国人的一种理想。

《尚书》里则提出"诗言志，歌咏言，声依咏，律和声，八音克谐，无相夺伦"，把言志看作诗歌的特点，这个诗歌的"开山纲领"把中国艺术的抒情言志的特点早早地固定下来。此后，《毛诗序》里说"诗者，志之所之也，在心为志，发言为诗。情动于中而形于言。言之不足，故嗟叹之；嗟叹之不足，故咏歌之；咏歌之不足，不知手之舞之，足之蹈之也"②；《乐记》里说"情动于中，故形于声"；《文心雕龙》也说"志足而言文"。诗歌发乎情的说法也渐渐流行开来，"情深而文明""诗缘情而绮靡""情志为神明，事义为骨髓，辞采为肌肤""为情造文""根情""苗言""花声""实义"等说法慢慢成为共识，"意境""性灵""神韵""味外之味"

① 李道平：《周易集解纂疏》，中华书局1994年版，第569—571页。
② 郭绍虞主编：《中国历代文论选》第1册，上海古籍出版社1979年版，第63页。

成为人们的理想，以至于明清时期的黄宗羲说："凡情之至者，其文未有不至者也。则天地间街谈巷语、邪许呻吟，无一非文。而游女、田夫、波臣、戍客，无一非文人也。"[①] 只要有情就有文，这样的认识使得"言志、缘情"成为中国古代的一个基本的文学传统。

《诗经》里的一些关于诗歌的认识主要是把诗歌作为表达人民情感、讽刺统治阶级的工具。如"王欲玉女，是用大谏""维是褊心，是以为刺""作此好歌，以极反侧""夫也不良，歌以讯之""君子作歌，维以告哀"等，都表明人们用诗歌来讽刺不良现象和统治者，表达自己的心情，这也形成了中国文艺美刺的传统。在《国语·周语》里就记载有召公谏厉王止谤的故事："为川者决之使导，为民者宣之使言。故天子听政，使公卿至于列士献诗，瞽献曲，史献书，师箴，瞍赋，矇诵，百工谏，庶人传语，近臣尽规，亲戚补察，瞽、史教诲，耆、艾修之，而后王斟酌焉。是以事行而不悖。"[②] 以诗歌文章进言献策，使统治者行事不悖，这种"补察时政"之功是中国很早以来就有的对文学的一个认识。也正因为此，中国很早就设有采诗之官，班固指出"古有采诗之官，王者所以观风俗，知得失，自考正也"，文章因此

---

① 郭绍虞主编：《中国历代文论选》第1册，上海古籍出版社1979年版，第139页。
② 薛安勤、王连生注译：《国语译注》，吉林文史出版社1991年版，第9—10页。

也成为统治者的明镜。"下以风刺上，主文而谲谏，言之者无罪，闻之者足以戒"的文学认识也成了中国的一个传统。

而在孔子那里，"文"则成了文明、文化典籍的总称，同时也包括文学艺术的"文"。在孔子的时代，文学是和各种文明文化、礼仪制度、典籍文献、学术文章、文字作品分不开的，孔子强调的是自古以来所积累下来的这些文献作品对于提升人的文明程度的作用。所以对于文学作品，孔子强调了它对人的文化塑形作用，对人的文明程度的提升作用，把它看成使人成为一个更高层次的文明人的必备素养，即强调的是它的经典文献、文化、文明的作用，而不是文学作品本身的知识性、技术性以及单纯的娱乐性和美感性问题。这种"大文学"的观念影响久远，晚清的章太炎先生还坚持说一切写在纸上的东西都是文学，广义的文学实际上成了文化的代名词。那么，何谓"文"呢？孔子说："敏而好学，不耻下问，是以谓之'文'也。"在这里，一种对于文化的乐学态度就是"文"。而孔子又说："周监于二代，郁郁乎文哉，吾从周。"在这里，"文"就是文明、秩序井然、礼仪森森的样子。子曰"言之无文，行之不远""质胜文则野，文胜质则史，文质彬彬，然后君子"，这里的"文"就是外在的修辞文采。孔子讲"行有余力，然后学文"，他以文、行、忠、信四项内容教育学生，以文会友，认为"不学诗，无以言"，要求学生"兴于诗，立于礼，成于乐"，对于诗歌艺术极其重视。诗歌艺术、文学文章也是孔子的"文"。因此，孔子眼中的文，既是何晏所谓古之遗文，即先前年代所遗留下来的一切文章，也是形象抒情审美的文学作品。

孔子十分重视文学的作用，认为"诗可以兴、可以观、可以群、可以怨，迩之事父，远之事君，多识于鸟兽草木之名"。"兴"这个先言他物再说自己的感情的抒情方式对于中国人的情感的塑形作用，值得予以充分的重视。在诗歌海洋里浸润的中国人在这种诗歌模式下，情感变得更加细腻、敏锐、深厚和宽广，其对于民族的维系和文明的延续来说都有某种潜移默化的功用。《毛诗序》说"故正得失，动天地，感鬼神，莫近于诗。先王以是经夫妇，成孝敬，厚人伦，美教化，移风俗"[1]，赋予诗歌极大的威力。后来荀子认为人性本恶，如果"从人之性，顺人之情"，那么"必出于争夺，合于犯分乱理，而归于暴"。这时候文学可以去人之恶，使人达于文明之境。所以荀子说"人之于文学也，犹玉之于琢磨也"，一个粗野之人，有了文学的浸润，就会变成一个文明的士人。文学成了教化人，使人脱离野蛮状态的文明使者，这也形成了儒家文艺载道的传统。孔子强调尽善尽美，文质彬彬，美善结合，把中和、中庸的尺度运用于文学，要

---

① 郭绍虞主编:《中国历代文论选》第 1 册，上海古籍出版社 1979 年版，第 63 页。

求乐而不淫、哀而不伤的中和境界，温柔敦厚的诗教对于中国传统艺术理念的形成和发展有着重要的影响。

中国对于文学认识的另一个重要的部分来源于老子、庄子。老庄虽然很少直接谈到文学，但对于文学风貌的形成却影响深远。老庄之意四词可以概括，即：忘却与超越，自然与逍遥。通过忘却与超越，达到自然与逍遥的境界。因为社会黑暗，"窃钩者诛，窃国者为诸侯"，"道为天下裂"，"春秋之中弑君三十六，亡国五十二，诸侯奔走不得保其社稷者，不可胜数"。面对混乱的社会，庄子感到无能为力，认为只有退回到自己个人内心的生活，忘却外在世界的纷扰，与外在世界"鸡犬之声相闻"，"老死不相往来"，"甘其食，美其服"，才能保有一个相对平和的心态和安宁的生活。另外，由于对整个世界采取一种相对主义的哲学观，他认为一切都是相对的，无物常驻，"此亦一是非，彼亦一是非"，"方生方死，方死方生"，"祸兮福之所倚，福兮祸之所伏"，"塞翁失马，焉知非福"。由此他采取了一种自然主义的人生观，提出：一个人不必执着在一个事物上，应该"安时而处顺"，一切顺其自然，遵循自然之道。"人法地，地法天，天法道，道法自然。"像伯夷、叔齐、盗跖等人，或为名，或为利而葬送了自己的生命，这些都不是自然的状况，而是伤于物、忤于物。所以，一个人要以人合天，不违于时，不破坏自然的状况。断鹤续凫，是为两伤，七窍成而混沌死，这都不是自然的状态。所以人要心斋、坐忘，忘却外在的是非爵禄，不乐寿，不哀夭，不荣通，不愧穷，无己、无功、无名，在忘我的状态中与自然世界融为一体，在这种物我不分的恍惚忘我状态中，达到独与天地精神相往来的逍遥游的自由状态。超越现实的窘困和苦难，摆脱形体的束缚而达到一种精神的自由，忘形而得神的自由，这是老庄的理想。

老庄追求的是自然美、天然美，他们反对人工刻意雕琢的美，认为"天地有大美而不言"，天籁之声远胜于人籁，讲求大巧若拙、大音希声的美。而在寻求忘却外在世界的道路上，他们的虚静、心斋又成了一种审美非功利心态的重要特征。解衣般礴裸、梓庆削木为鐻、佝偻者承蜩、注之以瓦等，都在说明忘我专一的心态是成就奇迹的根本。庄子"乘物游心"、不忤于物的自由超脱精神也使得他在审美境界上极其富有超越性，讲究心灵自身的领悟，对于精妙之意强调只可意会不可言传，强调得意忘言的超脱。这种平淡而幽深邈远的自由境界对于中国那种含不尽之意见于言外的味外之味，对于自然深远的无穷意境是一个理论的开端。老庄对于那种工饰过多的文章自然是反对的。所以他们强调"灭文章，散五采，胶离朱之目，而天下始人含其明矣"，智慧聪明的往往不能成功，有时反倒是象罔得珠。所以，那种人工制作的文章反倒使人们对色彩、对声音失去了感知能力。老庄这种对人工文章的反对在墨子、韩非子那里也出现了，只不过反对的理由不同罢了。墨子之所以非乐者，"非以大钟、鸣鼓、琴瑟、竽笙之声以为不乐也；非以刻镂华文章之色以为不美也；非以刍豢煎炙之味以为不甘也，非以高台厚榭邃野之居以为不安也。虽身知其安也，口知其甘也，目知其美也，耳知其乐也，然上考之不中圣王之事，下度之不中万民之利。是故子墨子曰：为乐非也"①。墨子从节俭的实用主义角度认为音乐艺术等东西浪费钱财，奢侈腐化，所以非乐。而商鞅、韩非子则认为文用则国乱，文人用生花妙笔，摇唇鼓舌，不利于法制建设。商鞅把礼乐、诗书等称为"六虱"，因为只相信严刑峻法，所以法家也"非乐"禁文，这是从社会管理的实用角度认识文艺的。

魏晋南北朝以来，审美意义上的文学逐渐自觉。鲁迅先生在《魏晋风度及文章与药及酒之关系》中曾经提出用近代的文学眼光看，魏晋可说是文学的自觉时代，当时对文学自身特质的探寻成为人们自觉的意识，文学开始从笼统的文章、文化、文明典籍中分离出来。曹丕的《典论·论文》、陆机的《文赋》、刘勰的《文心雕龙》、钟嵘的《诗品》等都是比较自觉地探寻文学独特本性的作品。在汉代，扬雄就曾经指出"女有色，书亦有色"，铺张扬厉的汉赋可以说把文

---

① 墨翟：《墨子》，毕沅校注，吴旭民标点，上海古籍出版社1995年版，第116页。

学语言的夸饰特点发挥得淋漓尽致，所以王充强调"不奇，言不用也"的夸张的"艺增"，刘勰也专门列出"夸饰"一章，指出人们"言峻则嵩高极天，论狭则河不容舠，说多则子孙千亿，称少则民靡孑遗"，极尽语言夸张之能事。曹丕把诗文的特点看作辞采上的"丽"，指出文章"本同而末异，盖奏议宜雅，书论宜理，铭诔尚实，诗赋欲丽"，这个"丽"作为诗赋的特点实际上表明一种专门的文学形式，已经独立出来了。而在南朝时，梁昭明太子萧统在编《文选》之时，就把选文的标准规定为"事出于沉思，义归乎翰藻"。在萧统看来，踵事增华、变本加厉的"翰藻"成为文学本质特征的一个标志。清朝的刘师培在专论文艺自身特质的《论美术与征实之学不同》中还是把美术的特质看作以装饰愉目为目标，指出美术是以饰观为主的。

形式上辞藻华丽的认识带动了诗文意义上文学的自觉，而内容上主要是抒情的认识也促使文学走向自觉。陆机在《文赋》里则指出"诗缘情而绮靡，赋体物而浏亮。碑披文以相质，诔缠绵而凄怆。铭博约而温润，箴顿挫而清壮。颂优游以彬蔚，论精微而朗畅"。各种不同的文章体裁有不同的特点，这让文学意义上的诗文也逐渐走向自身独立发展的道路。于是，感物而动，抒情达意也开始成为文艺的一个基本特点。刘勰说"人禀七情，应物斯感，感物吟志，莫非自然"，认为"情者，文之经，辞者，理之纬"。"情"成了文艺最基本的一个特点，梁代萧子显指出，"文章者，盖情性之风标，神明之律吕也"。钟嵘在《诗品序》里也指出"气之动物，物之感人，故摇荡性情，形诸舞咏"，把文章看作情性之表达。而且钟嵘还指出文章要有滋味，强调诗歌吟咏性情，应该文已尽而意有余，不应该像经国文符那样博古、用事，而应该直寻。刘勰在《文心雕龙》里总结"立文之道，其理有三：一曰形文，五色是也；二曰声文，五音是也；三曰情文，五性是也"。因此，文不外是"形文""声文"与"情文"，外在标志的"形"与"声"，内在特质的"情"与"性"。我们对文学独立的认识已经比较自觉了。南朝宋文帝把文学与玄学、儒学和史学并列，从其他三学中分离出来，近代意义上的"文学"也由此形成了。

　　"形文""声文"与"情文"是中国古代对文学的主要认识，诗言志与文载道是中国古代论文的两大传统。文学是为了创造美的"美文"思想是鸦片战争以后随着西方思想传入中国，才开始慢慢成长起来的。晚清以来，随着国门的打开，西方美学思想进入中国，文艺的美学维度才开始成为独立的艺术之思。徐念慈就开始引用黑格尔的观点来解释小说的特性，认为"小说者，殆合理想美学、感情美学而居其最上乘者"，提出了美的概念，把美作为文学作品的特质。王国维在介绍康德的美学理念之时，开始强调文学审美自身独特的非功利性，认为文学是"可爱玩而不可利用者"，把文学看作形式的。而到了 20 世纪 20 年代左右，人们已经比较自觉地把美作为文学的一个重要特质了，胡适在 1920 年谈到什么是文学的时候就说："文学有三个要件：第一要明白清楚，第二要有力能动人，第三要美。"[①]"要美"成为人们认识文学的一个要素。同时代的郑宾于也指出文学是基于感情的，有思想，有体裁，有想象，有趣味，有艺术的组织，有美的欣赏，有普遍性与永久性的特长，是人生的表现和批评。可以说晚清以来，文艺的美学之维成为我们艺术理论的一个基本认知。

---

① 胡适：《胡适文集》第 2 卷，欧阳哲生编，北京大学出版社 1998 年版，第 149 页。

第三节 •
 •
西方的文艺之思 •

从"文学"（literature）这一概念来看，在 18 世纪中期，它开始成为专门审美意义上的概念了。在英语中，"文学"这个词最早可追溯到 14 世纪，但是美学意义上的文学作为一个基本用法却是 18、19 世纪的事情了。从中世纪晚期到 18 世纪早期，"文学这个词主要是指一个人的知识财富：文字的知识、书本的知识和语言的知识就叫文学"[①]。1529 年斯格尔顿说："我知道你的美德和文学。"[②] 这个"文学"就是文字方面的知识的意思。而 1761 年乔治·克勒姆在用到"文学"时则说："莎士比亚和弥尔顿好像是孤峰独立，在英国文学的残片中是第一流的作家。"[③] "文学"一开始指审美意义上的文学而不太指"文字知识"。但 1780 年约翰森在《弥尔顿的生活》中还说："他的文学无疑是伟大的，他阅读所有的语言作品，不管是学术的还是政治的。"[④] 这个"文

① Martin Coyle, *Encyclopedia of literature and criticism*, Routledge, 1990, p7-8.
② Martin Coyle, *Encyclopedia of literature and criticism*, Routledge, 1990, p9.
③ Martin Coyle, *Encyclopedia of literature and criticism*, Routledge, 1990, p9.
④ Martin Coyle, *Encyclopedia of literature and criticism*, Routledge, 1990, p8.

学"则既指弥尔顿广泛的文字知识，也指审美的文学。这说明"文学"一词在 18 世纪中期还没有完全独立成我们今天审美意义上的名词，但这个词已经开始向审美专属的意义转化了，"文学"的审美自觉意识已经开始。

　　艺术一词的内涵直到 18 世纪才逐渐确定下来。艺术这一概念刚开始是指包含着人类技术制作的各种东西，像织布、炼铁、裁剪、建筑等，都叫作艺术。比如柏拉图在《理想国》中指出全部生活都充满了这些东西，一切建设性和创造性的东西——绘画、编织、刺绣、建筑术、器具的制作，乃至于动植物的形体也都是艺术。这一切都各有优美与不优美之分。在这里，柏拉图把编织、刺绣、绘画等都称为艺术。中国甲骨文中"艺"字是一个人进行种植时的形象，表明最早"艺"是和农艺联系在一起的。亚里士多德在《形而上学》中把艺术区分为两种，一种是必要的技艺，另一种是愉悦的技艺。必要的技艺是指为满足基本生活、生产需要而产生的技艺，而愉悦的技艺则是指以闲暇为基础的为满足人类的求知欲而产生的技艺。在古罗马时期，艺术分为两类，一类是自由艺术，一类是不自由的机械艺术。自由艺术包括诗歌、音乐、舞蹈、历史、几何、天文等，机械艺术则是指绘画、雕塑和建筑等艺术。中世纪有所谓的"七艺"，包括文法、逻辑、修辞、算术、几何、天文、音乐这七种，像算术、几何这类艺术明显不是我们现在意义上的艺术。在文艺复兴时期，出现了"设计艺术"的概念，米开朗琪罗在1546年首次使用了这一概念。设计艺术是指建筑、雕刻和绘画这三门艺术，米开朗琪罗把这三门艺术看作艺术家内心构造、设计、创作的产物，使其脱离了"机械艺术"被人轻视的处境，肯定了这三门艺术的价值。17世纪法国理论家首先提出了"美的艺术"的概念。佩罗提出"美的艺术"应该是为了满足鉴赏力和兴趣的需要而产生的艺术，他认为美的艺术应包括雄辩术、诗歌、音乐、建筑、绘画、雕塑等门类。而巴托斯在1746年发表的《简化为一个单一原则的美的艺术》一文中，明确地划分出了以愉悦为目的的美的艺术和以实用为目的的机械艺术，确立了现代艺术观念的内涵。中国古代有所谓的"六艺"，它是指"礼""乐""射""御""书""数"六种技能，并不单指今天我们所说的狭义的美的艺术。今天我们所说的"艺术"这个概念的内涵是在18世纪中期以后才开始流行起来的。在西方文艺理论的历史上，对于文艺是什么也有着各种各样的认识，大致说来有神授说、模仿说、游戏说、心灵表现说、巫术仪式说、符号说、表现更高实体说、无意识转移升华说、形式说、人生痛苦解脱说、劳动说等比较有影响的理论。

西方早期流传着文艺是从神那里得来的理论。古希腊神话认为宇宙之王宙斯和记忆女神摩涅莫绪涅生了九个女儿，她们就是掌管文艺、历史和天文的女神缪斯。太阳神阿波罗是这九个缪斯的领袖。这九个女神各有分工：手执长笛的欧忒耳珀专管音乐；头戴桂冠的卡利俄珀专管史诗；手中拿着一只琴的埃拉托专管抒情诗；头戴金冠、手执短剑与帝杖的墨尔波墨涅专管悲剧；头戴花冠、手执牧童杖与假面具的塔利亚专管喜剧；具有一双轻盈敏捷的脚、手里拿着七弦琴的忒耳西科瑞则专管舞蹈；乌拉尼亚管天文；波吕许尼亚管颂歌；克利俄管历史。缪斯女神掌管着天上人间的一切文学艺术。诗人、作家之所以能够写出作品来，是因为得到了女神的启示，被授予了灵感。《奥德赛》里描写道：奥德修斯来到阿吉诺的华丽宫殿，这座宫殿金碧辉煌。精美的地毯、各种精雕细刻的装饰物令奥德修斯叹为观止，而这一切都是锻造之神赫菲斯托斯的巧艺所作。由于雅典娜赐给了腓尼基人智慧和手艺，他们才能够制作出这样美丽的宫殿来。这就是说，阿吉诺王宫的这一切辉煌的景物都是天神所赐。而在《奥德赛》第八卷中，阿吉诺在给即将返乡的奥德修斯送行的时候请来了当地著名的乐师，这个乐师的歌唱技艺超过旁人，他可以随意歌唱，使得人心情舒畅。荷马说他是缪斯女神最宠爱的人，是女神给了他甜蜜的歌喉，如果没有神的恩赐就不可能有美妙的诗歌："即使他有十个舌头、十个喉咙，有不知疲倦的声音和铜铸的心，没有缪斯的帮助也无法做到现在所做的一切。"① 这些都表明了艺术神授的观念。到柏拉图所在的时代，他也认为诗人是在"迷狂"的状态下"代神立言"，不得到灵感，不失去平常的理智而陷入迷狂，就没有能力创造，就不能作诗。所以柏拉图说："诗歌本质上不是人的而是神的，不是人的制作而是神的诏语，诗人只是神的代言人，由神凭附着。最平庸的诗人也有时唱出最美妙的诗歌。"② 因此，把诗歌、文学艺术看作神的产物的思想是古希腊、古罗马时期一个重要的文艺思想。

古希腊时期流行的一种文艺理论是模仿说，这种理论认为文学艺术是对世界的模仿。模仿说是一种出现比较早、影响比较大的关于文艺本质的学说。它的主要代表人物是柏拉图和亚里士多德。当然最早提出模仿说的人是古希腊的哲学家德谟克里特，他说在许多重要的事情上，我们是在模仿禽兽，做禽兽的小学生：从蜘蛛那里我们学会了织布和缝补；从燕子那里我们学会了造房子。把模仿和文学艺术直接联系起来的人是柏拉图和亚里士多德。不过，柏拉图认为文艺是对物质世界的模仿，物质世界又是对理式的模仿，而永恒不变的理式才是世界真正的本原与真理，因此文艺是对真理"模仿的模仿"，是其"影子的影子"，是不真实的。亚里

---

① 塔塔科维兹：《古代美学》，杨力、耿幼壮、龚见明、高潮译，中国社会科学出版社 1990 年版，第 25 页。
② 柏拉图：《柏拉图文艺对话集》，朱光潜译，人民文学出版社 1963 年版，第 9 页。

士多德肯定文艺是对现实真实世界的模仿，认为模仿是人的天性，人从模仿中能够获得各种知识。亚里士多德的模仿说奠定了西方文艺现实主义创作观的基础，后来流行的"镜子说"也与此有关。卢克莱修也认为音乐艺术是人们模仿鸟类和风吹过芦苇而产生的，"风吹芦苇管而引起的鸣啸，最先教会村民去吹毒芹的空管。之后他们逐渐学会优美而凄婉的歌调"[1]。把艺术看作一种模仿，在古典世界里是一个传统的理论。在古希腊就有两个画家比试的故事：第一个画家画了一串葡萄，鸟都以为是真葡萄，飞下来啄食，而第二个画家画了一块画布，第一个画家还不知其意，让其揭开画布来看看画的是什么，第二个画家把第一个画家都骗过了，所以第二个画家更高明。"形似"的逼真、"真实"成为古典艺术的主要要求。中国古代所谓"画犬马难，画鬼神易"的观念就是首先要求再现的"形似"。"模仿""镜子""再现""真实反映""现实主义"，这是一个内在的链条。模仿说这种理论看到了文艺和客观外在物质世界的密切关系，具有一定的合理性。

18 世纪以来，文艺的游戏说逐渐传播开来。游戏说认为文学艺术是人精神的自由游戏。明确提出游戏说的人是 18 世纪著名的哲学家康德，现存的游戏说是后来经过德国诗人

---

[1]　卢克莱修：《物性论》，方书春译，商务印书馆 1981 年版，第 346 页。

席勒和英国哲学家斯宾塞等人补充发挥而成的。游戏说认为文艺起源于人类的游戏活动，是人类精力过剩的产物，是不带任何功利目的的自由活动。康德认为在资本主义社会里的劳动不是一种真正自由的劳动，劳动者是被迫劳动，不能发挥自己的主观能动性和创造性。而艺术创造不是一般的大家被迫去干的劳动，而是像游戏一样，主体是完全自由的，是主动去创造劳动的，在创造性的劳动中主体是无限愉快的。康德认为艺术的创造劳动与一般性的劳动的区别就在于艺术的劳动像游戏一样快乐自由，具有非功利性，而一般劳动则是不自由的，是为了获取物质回报。席勒发挥了康德的学说，认为人天生有两种冲动，一种是理性冲动，一种是感性冲动，理性冲动想要把感性的东西理性化，感性冲动则想要把理性的东西感性化。而人还有一种冲动，就是游戏冲动，即把感性冲动和理性冲动在活动中自然地、不知不觉地融合起来。他认为人的游戏冲动来自人的精力过剩。斯宾塞继承了席勒的观点，他举例说，老虎或狮子要吃人的时候大吼一声，但当它不吃人，在太阳下晒太阳时也往往要大吼一声，这只是因为它的精力过剩。游戏说看到了文艺是精神的创造这一点，文艺的精神自由是文艺的一个重要方面，所以游戏说是有一定道理的。

文艺的心灵表现说理论认为文学艺术是对人的主观心灵情感的表现。在中国，这种观点很久以来就一直被人们所传信。《尚书·尧典》里就提出"诗言志，歌永言，声依永，律和声"，在《毛诗序》中人们又指出"在心为志，发言为诗，情动于中而形于言"，表现出情志合一的观点。此后陆机在《文赋》中明确提出了"诗缘情而绮靡"，缘情的观点一直是中国文论的一个基本观点。刘勰倡导为情造文，认为文章"必以情志为神明，事义为骨髓，辞采为肌肤"，白居易提出"根情、苗言、华声、实义"的观点，都是在强调文艺是情感的表现。《吕氏春秋》里记载"葛天氏之乐，三人操牛尾，投足以歌八阕"，表现了一幅载歌载舞、人兽同乐的古代生活场景，表明诗歌、音乐、舞蹈都是心灵情感的表现。在有些民族那里，歌唱和舞蹈是同一个词，表明在人们心中，舞蹈就是歌唱，歌唱也意味着舞蹈。有节奏、有动作、有声音，这就足够了，就是在表现人们的感情了，它不需要什么具体的内容。早期人们嘴里虽然发出各种声音，但并没有明确的意思，只是表达感情而已。在西方浪漫主义创作思潮兴起时，文艺表现人的主观心灵和情感成了人们的共识，华兹华斯一句"诗歌是情感的自然流溢"成了浪漫主义文艺观的基石。托尔斯泰也认为"艺术起源于一个人为了要把自己体验过的感情传达给别人，于是在自己心里重新唤起这种感情，并用某种外在的标志表达出来"[1]。托尔斯泰这

---

[1] 段宝林编：《西方古典作家谈文艺创作》，春风文艺出版社1980年版，第515页。

种"传达感情说"的文艺起源观是心灵表现说的代表。心灵表现说看到了文艺和人的感情是分不开的，情感是文艺的基础，这是它的合理之处。当然，很明显，文艺绝不仅仅是人的情感的表现，而且人的情感的产生也不是凭空的，它是人在外物刺激下的反映，情感作为文艺的源泉还不是最根本的，社会生活、现实世界才是文艺的源泉。

现代文艺观中还有一种著名的说法，即巫术仪式说。巫术仪式说又被称为"魔法说"或者"宗教说"，是19世纪以后在西方很有影响的一种艺术起源理论。这种理论认为文学艺术活动起源于原始的巫术仪式。首先明确提出这一说法的是法国考古学家雷纳克，此后弗雷泽又对这一理论做了更深入的阐释。弗雷泽的《金枝》对原始文化进行了精深研究，把文艺和原始人的巫术仪式、原始的文化紧密联系在一起。巫术仪式是原始人最普遍的一种活动，具有非常重要的意义，是人们生活中最神圣的一件事情。比如：人们在盛装打扮后，做着各种各样的动作，祈求神的赐福和所有人的平安；人们把姑娘扔进河里给河神做妻子，希望以此保护全部落其他人的生活。这时人们的巫术仪式实际上是具有实用意义的。随着生产力的提高，人们认识自然、改造自然的能力有了很大的提升，通过巫术仪式来祈求神的保护和赐福逐渐失去了它的实用意义，人们已经认识到神并不能给自己带来想要的东西了，人们已经失去了对神的信任，意识到一切还是要靠人自身的力量，巫术仪式失去了在早期的人们那里的神圣意义，不再成为人们生活中最重要的事情了。比如在《左传》里就有"妖由人兴"的记载，这表明先秦时期的人们有了极大的理性精神。这样，原始的巫术仪式就仅仅成了人们欣赏的一种仪式，人们模仿原始巫术仪式的服装、动作等已没有实用的意义，而仅仅是供人们欣赏，成了一种民族文化记忆。这时人们已不会真的把一个姑娘扔进河里，而只是做些动作供人欣赏。巫术仪式中人们的模仿表演越来越多，戏剧等就这样产生了。这种观点把文艺和早期人类文化历史联系在一起，从历史发展的角度来看文学起源，是有一定道理的。

关于艺术本质的另一种说法是符号说。符号说认为文学艺术的本质是一种情感的符号。符号说的理论源于哲学家卡西尔，他认为人是一种制造符号的动物，人是一种生活在符号的世界里的动物，制造各种各样的符号是人的本质属性。他提出，由于人类制造符号，所以与其他动物相比，"人不再生活在一个单纯的物理宇宙之中，而是生活在一个符号宇宙之中。……人的符号活动能力进展多少，物理实在似乎也就相应地退却多少"[1]。符号活动使人根本上脱离了动物界，而进入了一个精神文化的世界，因此，卡西尔认为"符号化

---

[1]　卡西尔:《人论》，甘阳译，上海译文出版社 1985 年版，第 33 页。

的思维和符号化的行为是人类生活中最富于代表性的特征，并且人类文化的全部发展都依赖于这些条件"①。人的所作所为不过是在建造自己的符号宇宙，并且人生活在自己的符号宇宙之中。因此，卡西尔认为艺术也是人类创造的一种文化符号，只不过这种符号更注重符号本身的构成形式。他的学生苏珊·朗格承袭了符号论的学说，把符号区分为语言符号和情感符号，认为语言符号实际上就是一种逻辑概念系统的符号，情感符号是形象的符号，非逻辑形态的符号。她指出，人类除了需要逻辑符号来认识世界和相互交流，还有很多不可言说、不可表达的东西，不能诉诸逻辑的思维，比如那些即时性的冲动体验，那些丰富的、随生随灭的、变幻莫测的内在情绪情感等内在生命就是逻辑符号无能为力的，它们必须用一种情感符号来表达。艺术就是一种"情感符号"。她说："艺术，是人类情感的符号形式的创造。"②艺术在这里成了情感的符号，成了生命律动的形式，这种理论强调艺术的生命体验，强调艺术与理性科学的区别，抓住了艺术个人体验的关键内核，具有自身的理论生命力。

相较于符号说对个体生命体验的强调，黑格尔的艺术理论则强调了艺术更高更广的社会使命。黑格尔认为文学艺术

---

① 卡西尔：《人论》，甘阳译，上海译文出版社1985年版，第34页。
② 苏珊·朗格：《情感与形式》，刘大基、傅志强、周发祥译，中国社会科学出版社1986年版，第51页。

的本质就是为了表现人类对某种更深刻旨趣的追求，为了表现某种更高的绝对实体。所以他说真正的艺术："只有在它和宗教与哲学处在同一境界，成为认识和表现神圣性、人类的最深刻的旨趣以及心灵的最深广的真理的一种方式和手段时，艺术才算尽了它的最高职责。"① 黑格尔认为人是一种"两栖动物"。从一方面看，我们看到人被囚禁在寻常现实和尘世的有时间性的生活里，受到需要和穷困的压迫，受到自然的约束，受到自然冲动和情欲的支配和驱遣，纠缠在物质里，在感官欲望和它们的满足里，这是一种有限性的生活。但从另一方面看，人却把自己提升到理念永恒的境界，提升到思想和自由的领域，这又是一种无限性的生活。思想所穷探的深度的世界是个超感性的世界，这个世界首先就被看作一种彼岸，一种和直接意识、当前感觉相对立的世界。正是由于思考认识是自由的，它才能从此岸——感性现实和有限世界——解脱出来。但是心灵在前进途中所造成的它自己和此岸的分裂，是有办法弥补的。心灵从它本身产生美的艺术作品，艺术作品就是第一个弥补分裂的媒介，使纯然外在的、感性的、可消逝的东西与纯粹思想归于调和，也就是说，使自然和有限现实与理解事物的思想所具有的无限自由归于调和。因此，在黑格尔那里，艺术就是调和人的有

---

① 黑格尔：《美学》第 1 卷，朱光潜译，商务印书馆 1979 年版，第 10 页。

限性和无限性的生活，通过有限去达到无限，无限里包容着有限，所以黑格尔说："艺术的使命在于用感性的艺术形象的形式去显现真实，去表现上文所说的那种和解了的矛盾，因此艺术有它自己的目的，这目的就是这里所说的显现和表现。至于其他目的，例如教训、净化、改善、谋利、名位追求之类，对于艺术作品之为艺术作品，是毫不相干的，是不能决定艺术作品概念的。"① 这显现和表现就是在感性形象中显现人类对无限的追求，显现一个更高的实体。

与黑格尔如此深广高尚的形而上的艺术观相对的是精神分析学开创的形而下的无意识学说，这种理论认为文学艺术的实质就是作家无意识的转移和升华，其代表人物是弗洛伊德与荣格。弗洛伊德的学说最主要的就是意识的三重结构、人格的三重结构及性欲本能说，他认为人的意识分为意识、前意识和潜意识三层，对应着三重人格，即超我、自我和本我。意识相当于理性的社会生活，而潜意识则是大量郁积下来的本能无意识，性本能是本能意识力量的源泉，他说："性的冲动，对人类心灵的最高文化的、艺术的和社会的成就做出了最大的贡献。"② 而前意识则是介于意识与无意识之间的意识形态。意识在生活中随时可以得到表现和宣泄，但无意

---

① 黑格尔：《美学》第 1 卷，朱光潜译，商务印书馆 1979 年版，第 68—69 页。
② 弗洛伊德：《精神分析引论》，高觉敷译，商务印书馆 1984 年版，第 9 页。

识却常常得不到表现，形成了对人的压抑。压抑是弗洛伊德理论的一个关键词，因为压抑就会形成情结和病态，这就是精神病形成的一个原因。一般人通过梦等形式，无意识得到了宣泄，而作家除了通过梦的形式，还通过写作把自己的无意识转移和升华了。实际上，作家在某种程度上就是一个精神病人，在艺术作品中宣泄自己的无意识压抑，艺术作品就是作家无意识欲求的替代性满足，创作是作家的白日梦。弗洛伊德运用自己的理论对达·芬奇的创作，莎士比亚的《哈姆雷特》《俄狄浦斯王》，以及陀思妥耶夫斯基等人的作品进行了精神分析的解读，使人们对艺术与人的无意识本能的关系的认识达到了一个新的高度，把艺术和人深层次微观的精神心理世界联系在了一起，把艺术带入了一个幽微的隐秘世界。

弗洛伊德的学说最大的问题是：如果文艺是艺术家个人无意识的转移，那么艺术作品作为艺术家个人的呓语，它对于其他人的意义和价值又在哪里呢？别人为什么要对你个人的无意识本能感兴趣呢？对于这个问题，弗洛伊德的学生荣格进行了回答。荣格提出了集体无意识的学说。荣格早年跟随老师的思想，后来两个人的思想出现分歧，随后两个人的关系也变得紧张起来。荣格修正并发展了弗洛伊德的学说，主要表现是荣格在弗洛伊德的无意识的基础上，把无意识又分成两个部分，即处于无意识上层的个人无意识和处于无意识下层的集体无意识。集体无意识是遗传下来的保存有人类普遍性的深层的朦胧的精神，是一种集体的文化心理结构。荣格说："我们所说的集体无意识，是指由各种遗传力量形成的一定的心理倾向。"[①] 它是普遍的、非个人的，具有民族性，这种集体无意识常常表现为某种集体的原始意象，这就是民族的集体原型。这种原型会在以后不同的历史时期以不同的变异形式不断出现，形成某种创作的母题，艺术最深层的本质就在于表露了这种深层的集体无意识。因此，荣格指出："艺术作品的本质在于它超越了个人生活领域而以艺术家的心灵向全人类的心灵说话。个人色彩在艺术中是一种局限甚至是一种罪孽。"[②] 因此，作家进行写作，就不是单纯的个人无意识的宣泄，而是整个民族的某种集体无意识的言说，是一个人代表千万个人在说话。他不再是自己而是一个"集体人"："艺术家不是拥有自由意志、寻找实现其个人目的的人，而是一个允许艺术通过他实现艺术目的的人。他作为个人可能有喜怒哀乐、个人意志和个人目的，然而作为艺术家他却是更高意义上的人即'集体的人'，是一个负荷并造就人类无意识精神生活的人。为了行使这一艰难的使命，他有时必须牺牲个人幸福，牺牲普通人认为使生活值得一过

---

① 荣格：《心理学与文学》，冯川、苏克译，生活·读书·新知三联书店1987年版，第137页。

② 荣格：《心理学与文学》，冯川、苏克译，生活·读书·新知三联书店1987年版，第140页。

的一切事物。"① 因此，艺术在荣格那里获得了广阔得多的社会集体意义，超越了纯粹个人无意识宣泄的局限性，艺术也成了人类共同文化的结晶。

　　关于艺术，还有一种学说关注艺术构成形式，把艺术当作一种制作技巧与构型艺术，它就是艺术理论的形式说。形式说认为文学艺术的本质就是一种形式。早在亚里士多德所在时代，他就认为一切事物都有"四因"：质料因、形式因、创造因和目的因。比如一个房子，砖瓦等材料出于一定的目的在人们的创造活动中获得了"房子"的形式，一间房子便诞生了。房子的实质不是砖瓦，不是出于住人的目的，不是创造房子的活动，而是这个房子之所以为房子的"形式"。在20世纪初，英国著名的艺术理论家克莱夫·贝尔便认为艺术的本质就是一种有意味的形式。什么是有意味的形式呢？贝尔所说的有意味的形式是指以独特的方式来感动我们的各种排列组合的形式，贝尔指出，凡是能够激起我们的审美情感的线色关系的组合，都是有意味的形式，有意味的形式就是一切视觉艺术的共同性质。也就是说，艺术各部分排列组合的形式本身就是有意义的，就是感人的，而不是这些形式背后的内容才是艺术的真谛，艺术不是那些内容，而是安排

<hr>

① 荣格：《心理学与文学》，冯川、苏克译，生活·读书·新知三联书店1987年版，第141页。

那些内容的方式。他看到艺术形式本身的价值，割断艺术和社会、世界、读者、作家本人的复杂关系，躲进纯粹美的遐想，躲进"为艺术而艺术""为美而美"的唯美主义的房子里，虽然对艺术形式本身的开拓和发展做出了贡献，但使艺术的意义和价值狭隘化了。像此后的俄国形式主义理论、结构主义理论、英美新批评理论都割断了艺术和世界、作家、读者的关系，只在艺术品本身的形式里寻找艺术的价值和意义，这一形式主义思潮有其艺术技巧方面的价值，不过也把艺术拖进了自我复制的狭隘天地，其价值也是有限的。

跳出艺术纯技巧的世界而把艺术和人生联系在一起，叔本华提出了艺术是人生痛苦的解脱的艺术理论。在叔本华看来，人生而有欲，欲望的结果只有两种，一种是欲望得到了满足，一种是欲望没有得到满足。欲望得到满足就会感到无聊，欲望没有得到满足又会感到痛苦，人生总是这样在痛苦和无聊之间像钟摆一样地摇摆，星期一到星期六是痛苦，而星期天则是无聊。人生就好像是在尽力吹一个肥皂泡，明知道肥皂泡吹大了就会破裂，人却还是会全力把肥皂泡吹大。在日常生活的关系中感到痛苦无聊，要摆脱这种痛苦，只有两种途径：一种途径是涅槃，自己死去；另一种途径是审美的艺术，它让人暂时忘却人生的痛苦。文学艺术就是悲剧人生的花朵，就是痛苦人生的慰藉，就是人生痛苦的暂时解脱。后来，野兽派艺术大师马蒂斯说艺术是一个让人从痛苦疲倦中恢复过来的扶手椅而不是什么道德的说教、真理的传播，这与叔本华的认识也有异曲同工之处。

在众多关于文艺是什么的回答中最有说服力的是马克思主义的劳动说。马克思主义认为人是劳动实践的产物，作为人类意识形态的文艺应该从人最基本的生存方式即劳动的角度来看待。劳动创造了美，劳动创造了艺术，所以文艺最根本的起源与本质是劳动。那么，为什么说文学艺术起源于劳动呢？

首先，劳动创造了人本身，也就创造了艺术的主体，为艺术的产生创造了根本的条件。恩格斯在《劳动在从猿到人转变过程中的作用》中令人信服地论证了劳动是人进化的决定性条件，劳动使类人猿手脚分工，直立行走，完成了从猿转变到人的具有决定性意义的一步。首先是劳动，然后是语言，它们成了两个最主要的推动力。在它们的影响下，人的脑髓开始形成，有了语言，此后人逐渐有了思维认识能力，也就有了创造文化的条件，由此人也就按照美的规律来创造，而不仅仅是从事动物式的本能生产，这使文学艺术的产生成为可能。

其次，在劳动中产生了创作艺术的需要。人类在原始公社制度趋于成熟时才开始产生艺术活动。当时人类过着群居生活，生产力极为低下，为了生存必须从事艰苦繁重的劳动，在劳动中为了减轻疲劳，提高劳动效率，交流感情，协调动作，人们会发出有节奏的呼号之声，人们的节奏感就这样在劳动中产生了，这种节奏感和一定的意义结合起来就是诗歌。鲁迅先生提出的诗歌产生的"吭哧吭哧说"就是指人们在劳动中为了协调动作而发出号子，这样有了节奏以后就有了诗歌。他同时提出"休息说"，认为劳动过后，在人们休息时，为了打发时间、减少疲劳，有人开始讲一些故事或者讲一些奇闻逸事，这样，小说就在休息中产生了。

最后，原始人的劳动决定和制约着原始艺术的内容和形式。原始劳动生活是原始艺术直接的描写对象。我国保留下来的最古老的诗歌之一《弹歌》所记载的"断竹，续竹；飞土，逐宍"，描绘的就是古老狩猎生活的过程。恰如班固《汉书》所言，"饥者歌其食，劳者歌其事"，早期文艺就是人们劳动生活状况的真实反映和记录。"日出而作，日入而息，凿井而饮，耕田而食，帝力于我何有哉"，从古歌的情况来看，日常的劳动、生活确实就是人们最初的文学。从艺术形式上看，早期文艺的形式也与当时的劳动生活密切相关。由于原始社会生产力低下，不可能进行复杂的社会分工，让一些人专门从事文艺创作，那时的文艺创造者往往既是生产者，又是文艺创作者，还是表演者，这使得那时的文艺呈现出一种诗、乐、舞三位一体的混沌特色，如《吕氏春秋·古乐》记载："昔葛天氏之乐，三人操牛尾，投足以歌八阕。"可见原始文艺是与原始人的劳动生活实践分不开的。

研讨专题

1. "文艺美学"是独立的学科还是研究的视角？

2. 中国 "文学" 意识的自觉标志是什么？

3. 怎么评价文艺的模仿说、游戏说以及无意识说等各种文学观？

拓展研读

1. 伊格尔顿：《二十世纪西方文学理论》，伍晓明译，北京大学出版社 2018 年版。

2. 伊格尔顿：《文学理论导论》，外语教学与研究出版社 2004 年版。

3. 陶东风主编：《文学理论基本问题（第二版）》，北京大学出版社 2005 年版。

第二章

/Chapter 2/

文艺的特质

究竟什么是文学？有人把文学广义地理解为文化，有人把文学理解为因文学作品的集合而显现出来的"家族相似"的特点。从历史的角度来看，对于文学的认识，历来众说纷纭。《中国大百科全书》里的说法是文学是艺术的基本样式之一，它以语言文字为媒介和手段塑造艺术形象，反映现实生活，表现人们的精神世界，通过审美的方式发挥其多方面的社会作用，这强调了文艺的语言性与审美性。而《苏联百科词典》则认为文学是运用美学手段反映社会意识并赋予其一定形式的一种艺术，当然也是语言艺术。文学作为艺术的一个门类，是在民间口头诗歌创作的土壤上诞生的，反映了人们对个人在历史过程中的作用的认识。文学将美学、道德、哲学、社会等内容融为一体，是认识现实的一种手段，反映一定社会集团、民族、时代的世界观和理想，这些是关于文艺的基本认知。艾布拉姆斯在其《镜与灯》中提出，一个文艺理论体系一般有四个构成要素：作者、作品、读者与世界。一个全面的理论按照道理应该包括这四个方面，但实际上却往往只顾及其中一个方面而不计其余，比如："表现说""言志缘情说""游戏说""无意识的转移升华说"等可能只是从艺术家创作的角度来看待文艺；有的注意文学与世界的关系，像"模仿说""再现说"等；有的注意文学与读者的关系，像"人生痛苦的解脱说"等；而有的则注意文学作品自身的语言特质、审美特质等，如"形式说""符号说"等。而在传统的文艺理论中，文艺的社会伦理道德的社会政治性占了很大的空间，成为一种话语霸权，那种外在的社会政治、道德、时代背景等往往成为理解、评价文学的主要内容。文学作为一种存在，它是人类所具有的一种精神世界的现象而不是物质世界的现象，文学无疑确实是一种精神灵魂领域的意识形态，这是不可回避的，只不过它是一种特殊的意识形态，文艺的意识形态性是文艺的第一性。

第一节 ●
文艺的意识形态性 ●

文艺在整个世界中处在一个什么位置呢？马克思认为整个世界可分为两个大的部分：一个是处于基础地位的经济基础、社会生活或者叫作物质世界；另一个是处于上层的上层建筑、意识形态。文学是一种精神产品，是上层建筑中的一个组成部分。不过，上层建筑中又有多种成分，包括政治、法律、宗教、哲学、文学艺术等，艺术处于上层建筑的上层，更加远离经济基础。从下面的图可以清楚地看到文艺在整个社会中的位置。

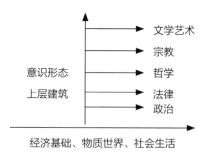

在人们所习惯的对于世界的两分，即物质与精神、肉体与灵魂、此岸与彼岸、形而下与形而上等的划分中，文学无

可争辩地首先是灵魂的、精神的、彼岸的和形而上的，人们所追求的"文学性"不是那握在手里的书本纸张，也不是那纸张上的铅字，而是在作家创作出作品，读者阅读、接受这个作品的整个动态的系统中存在的人的一种精神的享受与共鸣，它是精神性的、意识形态性的。

文艺是意识形态，是人的精神产品，相对于物质世界来说是第二性的，它是对物质世界、社会生活和经济基础的反映。社会生活决定文艺的内容，社会生活是文艺的源泉。歌德曾经指出："世界是那样广阔丰富，生活是那样丰富多彩，你不会缺乏作诗的动因。但是写出来的必须全是应景即兴的诗，也就是说，现实生活必须既提供诗的机缘，又提供诗的材料。一个特殊具体的情境通过诗人的处理，就变成带有普遍性和诗意的东西。我的全部诗都是应景即兴的诗，来自现实生活，从现实生活中获得坚实的基础。我一向瞧不起空中楼阁的诗。不要说现实生活没有诗意，诗人的本领，正在于他有足够的智慧，能从惯见的平凡事物中见出引人入胜的一个侧面。"[①] 歌德的话使我们认识到现实生活对于作为意识形态、观念形态的文学艺术的基础作用。中国传统的诗论认为"人心之动，物使之然也，感于物而动，故形于声"。"感物说"是中国文艺的一个基本理论。毛泽东在其《在延安文

---

① 爱克曼辑录：《歌德谈话录》，朱光潜译，人民文学出版社 1978 年版，第 6 页。

艺座谈会上的讲话》中也指出:"作为观念形态的文艺作品,都是一定的社会生活在人类头脑中的反映的产物。……人民生活中本来存在着文学艺术原料的矿藏,这是自然形态的东西,是粗糙的东西,但也是最生动、最丰富、最基本的东西;在这点上说,它们使一切文学艺术相形见绌,它们是一切文学艺术的取之不尽、用之不竭的唯一的源泉。这是唯一的源泉,因为只能有这样的源泉,此外不能有第二个源泉。"[①]这实际上是告诉我们,社会生活对于文艺来说是第一性的,是本源性的。

文艺对社会生活的反映又不是被动的、消极的、机械的、僵化的,它包含着作家的主体能动性,奠基于作家对社会生活的能动的创造性的改造,因此文艺的反映是能动的反映,是艺术化的反映,审美的反映。正如毛泽东指出的"文艺作品中反映出来的生活却可以而且应该比普通的实际生活更高,更强烈,更有集中性,更典型,更理想,因此就更带普遍性"[②]。文学艺术来源于生活,又高于生活。

由于文艺离经济基础比较远,它不像政治、法律那样随着经济基础的改变也会马上发生改变。经济基础改变后,艺术可能并不马上跟着改变,而是在很长的一段时间里慢慢发

---

① 毛泽东:《毛泽东选集》第3卷,人民出版社1991年版,第860页。
② 毛泽东:《毛泽东选集》第3卷,人民出版社1991年版,第861页。

生改变。当然，经济基础改变后，上层建筑终究是要改变的。经济基础、社会生活是决定文艺的最终原因，但并不能直接把社会生活和艺术对等起来，有时候影响艺术的更直接、更重大的原因往往不是经济基础，而是上层建筑里的各个成分。政治、法律、宗教、哲学对文艺都有巨大影响，甚至是直接的、致命的影响。政治、法律对艺术往往有很直接的影响，通过政策等对作家产生深远影响，促进或者阻碍文艺的发展。比如在清朝那实行残酷的文字狱的政治环境中，艺术家写任何东西都战战兢兢，唯恐被人抓住把柄，根本没有自由创作的环境，许多学者都钻进故纸堆里，一时间考古之风盛行，形成了颇有声势的乾嘉学派，而艺术创作在那时则整体上走入低潮。再比如在"文化大革命"期间，由于"四人帮"对文艺横加干涉，实行所谓的"主题先行""三突出"原则等，文艺创作概念化、模式化、脸谱化、公式化盛行，文学人物形象成了革命口号的传声筒，很多作品里的人物都是一些"高、大、全"的概念式人物，在全国只有八个样板戏到处上演，形成了所谓"八亿人民八台戏"的尴尬局面，文艺创作一片萧条。历史上的三国时期，曹操、曹丕、曹植身为当时的上层阶级，都雅好文艺，而且自身都有极高的文学造诣，使文学之风颇为兴盛。在他们父子三人身边也聚集了大量的骚人墨客，使得三国时期曹魏的文艺创作呈现繁荣景象，这可以说是政治对文艺造成很明显的影响的例子。

按照一般规则，社会生活决定人的精神世界，物质生产决定精神生产，因此物质生产与艺术生产应该是同步的，物质生产发达则艺术生产也应发达。从人类社会整体发展历史来看，随着人类物质文明的进步，文艺是不断发展繁荣的。但是在某个时期，艺术生产与物质生产又不是完全同步的，它们之间有不平衡的现象。这主要是说某些艺术形式只能在人类生产力水平非常低的时候达到它发展的最高潮，比如史诗、神话等艺术样式，它们在人类社会生产力非常低的时候达到了最发达的阶段。同时也是指某个国家、地区的生产力水平可能很低，但它的艺术发展的水平可能并不低。比如 19世纪的德国和俄国，其生产力与"日不落帝国"英国比起来是十分落后的。海涅在《德国，一个冬天的童话》里形容当时的德国是一个到处散发着臭气的大粪堆，分裂成三百多个诸侯割据的小国，可见其资本主义经济还没有得到充分发展；俄国直到 1861 年才进行废除农奴制度的改革，开始走上资本主义的发展道路。总之，19 世纪的德国与俄国生产力水平都比较低，但它们的文艺生产水平却并不低，与物质生产最发达的英国比起来也毫不逊色，以海涅、歌德、席勒、普希金、果戈理、屠格涅夫、契诃夫、陀思妥耶夫斯基、托尔斯泰等为代表的德国、俄国作家都是世界上伟大的作家，所以文艺作为意识形态是社会生活的反映，但这并不意味着文艺与社会生产就是完全同步的，精神生产与物质生产有关系，但并不是同步的关系，因为文艺的生产是特殊的生产，它终究首先是一种审美的生产。

第二节 ●
文艺的审美性 ●

　　文学确实具有意识形态性质，这是不以人的意志为转移的。但是，这种意识形态不像政治、法律等那样具有明确的、分明的社会统治性，它首先是为人们提供一种精神愉悦的意识形态，它存在的最重要的理由就是给人们提供美的享受。如果要认识世界，最好的方式是借助科学；如果要树立道德规范，最直接的方式是遵循伦理道德的规定；如果要建立社会秩序，最佳的方式是运用法律。用文艺来传播知识、树立道德规范、建立社会秩序，其效果都是间接的，它所有的社会作用都是在读者接受作品的审美愉悦中完成的。给人们科学知识、真实反映世界，文学比起科学来差得很远；给人们行为的指导、社会伦理道德的规范，文学又远远不如伦理学那样清晰而明确。但是，文学对于人的影响可谓入人也深，化人也速，有时候起了伦理学无法取得的道德作用，有时候对世界真理的揭示比科学还更加容易为人所接受。但文艺的这些作用都要在美的塑造中完成，美是文艺的第一要务，也是文学的首要特质，在此基础上才有文艺的科学功用、道德功用、教育功用、宣传功用等社会功用。要理解文艺的真谛，就要理解美的真谛；要理解文艺是什么，就要理解美是什么。从某种意义上说，美是什么，文艺就是什么。那么美是什么呢？这是一个古老的命题。从古至今有无数的人在探讨这个问题，西方从古希腊开始就形成了自觉追问美是什么的传统。总的说来，主要有客观形式派与主观感受派以及所谓主客观结合派。

一、客观形式派

这是一种具有朴素唯物主义思想的古老的认识美的方式，从事物本身应该满足某种条件来规定美。比如古希腊的毕达哥拉斯学派，由于他们大都是数学家，所以他们认为世界的基本要素就是"数"，美就是数的和谐。他们认为音乐是对立因素的和谐统一，把杂多引导至统一，把不协调引导至协调。毕达哥拉斯学派把音乐中和谐的原理推广到建筑、雕刻等其他艺术，探求什么样的数量比例才会产生美的效果，得出的结论就是事物在形式上要有一定的和谐比例，比如他们发现的黄金分割比就是从比例关系来确定一个事物美丽与否，这种偏重形式的观点对后世影响很大，是一种形式主义的美学观。古希腊杰出的思想家亚里士多德对美的界定也主要是从事物本身的构成是否和谐整一出发的。他在《诗学》里说一个有生命的东西或是任何由各部分组成的整体，如果要显得美，就不仅要在各部分的安排上见出一种秩序，而且还须有一定的体积，因为美就在于体积和秩序。一个太小的动物不美，因为无法看清楚；一个太大的东西，例如一千千米长的物体，也不美，因为一眼看不到边，所以就看不出它的统一和完整。亚里士多德认为美的主要形式就是和谐、秩序与匀称：一个女子的酒窝很美，但这个酒窝长在额头上就不美了；大大的眼睛似乎很美，但这个眼睛长在一张小小的脸上也就不一定美了。美是各部分之间的和谐与整体上的统一。要求美的事物必须具有完整性，这是亚里士多德也是古典美学的一个基本原则。亚里士多德认为悲剧是对一个严肃、完整、有一定长度的行为的模仿，特别强调了悲剧的开端、发展、高潮与结局的完整性。这种美就是事物本身的和谐整一，有机统一的思想对后来西方美学的发展有重要影响。

中世纪的奥古斯丁、阿奎那在上帝作为美的总根源基础上，也都把和谐整一的性质定义为美。奥古斯丁给美下的定义是整一和谐，他认为事物各部分比例适当，再加上一种悦目的颜色，就是美。奥古斯丁年轻的时候就写过一部美学专著，叫《论美与适合》，认为适宜的就是美。不过，奥古斯丁的美学观是和神学结合在一起的，他认为无论在自然中还是在艺术中，那种美的整一和谐并非客观事物本身具有的一种属性，而是上帝的整一在事物身上打下的烙印，是上帝的安排。阿奎那认为美有三个因素：第一是完整或完美，凡是不完整的东西就是丑的；第二是适当的比例或和谐；第三是鲜明，着色鲜明的东西是公认为美的。同时阿奎那还指出，美只涉及人的认识功能，凡是一眼就使人愉快的东西就叫作美，美在于适当的比例，美属于形式因的范畴，他强调美是一种感官形式的东西。奥古斯丁与阿奎那的和谐美学当然是指事物的和谐整一，更是指上帝安排一切的和谐整一，他们的美学的根基是神学美学。

到了文艺复兴时期，自然科学发达起来，人们用科学主义去反对宗教愚昧主义，拼命吮吸知识的甘露，畅饮知识，畅饮生命，这是一个发现人与发现世界的时代。这一时期像达·芬奇、米开朗琪罗等艺术家都是大百科全书式的知识巨人，那是一个需要巨人而且产生了巨人的时代，人们对事物本身的特性更加注意，科学的精确研究的思想空前增强，正如吉尔伯特和库恩在其合著的《美学史》里所说的，这时的艺术家所追求的头衔不是想象家，而是哲学家，即智慧的爱好者，事物的形式和起因的解说者。这使得人们对美的认识也极其注意事物本身的形式、比例和结构，达·芬奇画鸡蛋的故事充分说明了人们对形式本身的重视。达·芬奇精心研究人应该符合怎样的比例才是美的，最后得出头长和身高1比8的比例最美，他指出美感完全建立在各部分之间神圣的比例关系上。这一时期英国的贺加斯也认为蛇形线最美，因为它同时朝着不同的方向旋转，能使眼睛得到满足，引导眼睛追逐其无限多样性。可见这一时期人们把美很大程度上归结为事物的形式，这标志着自然的回归、人性的回归。

17、18 世纪英国经验主义美学兴起，对美的界定多趋向于对美感经验和美的事物的客观性质的分析和描述，这标志着形式美学与主体感性经验的回归。英国 18 世纪著名美学家伯克明确区分了美的两种范畴，优美与崇高，分别界定了这两种范畴的外在特征和人对此的主观感受。伯克认为崇高的对象主要有以下特点：首先是体积巨大（例如海洋），其次是晦暗（例如某些宗教的神庙）、力量、空无、无限、壮丽、突然性等。这样的属性引起人心理的恐怖，凡是具有引起人无利害的恐怖的属性的东西就是崇高的美。伯克所说的优美也是指事物的某种属性，他把美限于事物的感性性质，认为优美是指物体中能引起爱或类似感情的某一性质或某些性质。伯克把优美限于事物的纯然感性的性质，同时他还把优美的特征归结为事物"小"的属性。伯克指出，优美大半是物体的这样一种性质，它通过感官的中介作用，在人心上机械地起作用，美这样一种性质首先在于它的小，包括类似小的性质，如柔滑、娇弱、明亮、不露棱角、轻盈、圆润等特质都是美的特质，与此相对应，崇高的特征则是"大"，体积大、数量大，这种大给人以一定的压抑与恐惧，但这种恐惧又不会真正伤害人，这是一种无害的大，这便是崇高美。可见，伯克是通过描述对象的特征给人带来的心理反应来界定美的，这是一种典型的经验主义美学。

除了这种认为美是事物的一种客观属性的观点，美的客观派还认为美是一种客观存在的不以个人意志为转移的客观理念。这种看法的代表人物是柏拉图和普罗提诺。柏拉图认为美是美本身，它不是具体的美的东西，是美的东西的共同普遍本质，这种美是永恒的，无始无终的，是客观存在的，不以个人意志为转移的，任何美的东西之所以美，都是因为它"分有"了美本身，这个美本身就是一个理念。世间客观存在着一个美之所以为美的理念，人们看到任何事物，只要它符合这个理念，所有的人都会异口同声地立即做出相同的判断，这说明对于什么叫美还是有一个普遍的理念存在的，只是这个理念的具体内容究竟是什么，柏拉图没有明确指出。不过，他提出的美是一种理念的观念还是相当深刻的。柏拉图对美的东西和美本身加以区分，把理念和物质世界区分开来并对立起来，把事物的共相和殊相区别开来并且对立起来，这种方法论的意义对后世的影响也很大。此后普罗提诺的"太一"，康德的"物自体"和"现象界"，叔本华的"自由意志"和"表象"，海德格尔的"存在者"和"存在"，等等，我们都可以从中看出柏拉图的影子，即在物质之上再设立一个高于一切的先在"理念"。柏拉图的继承者普罗提诺认为世界的本原是一种不变的太一，从这个太一流溢出整个世界。先流溢出理的世界，然后流溢出世界精神或世界心灵，再流溢出个别心灵，最后流溢出感官接触到的感性物体。离太一越远，这个东西就越不恒定，越不神圣，越不美，就好像太阳的光辉一样，离太阳越远，光彩就越弱。所以，美的源泉就是一种太一，物体美就是因为物体本身分享到了永恒的太一里的美，呈现出一种客观唯心主义的神秘色彩。的确，纷繁的美的表象之下一定有一个一切美的源头，那么那个一切美的源头的"太一""美本身"又是什么？这是值得进一步探究的。

二、主观感受派

另一种理论取向便是把美归结为人的某种主观心理状态，让人愉快的就是美，让人不愉快的就是丑，或者认为美的产生是人自己的情感、心理活动、心理反应的结果。在美学史上也有许多美学家把美归结为主体自身。在早期比如智者学派、伊壁鸠鲁学派等都曾把美和人的愉快联系在一起，智者学派认为美是视听的愉悦。而据塔塔科维兹在他的《古代美学》里的记载，主张快乐是人生目标的伊壁鸠鲁学派曾主张谈论美就是谈论愉悦，美而不愉悦那是不可能的。哲学家休谟则认为美并不是事物本身的一种属性，它只存在于观照事物者的心灵里。他在《论审美趣味的标准》一文中指出每一个人心里见出一种不同的美。这个人觉得丑，另一个人可能觉得美，每个人应该默认他自己的感觉，也应该不要求支配旁人的感觉。想要寻求实在的美或实在的丑，就像想要确定实在的甜与实在的苦一样，是一种徒劳无益的探讨。休谟把美看作人的一种主观感受，他认为美只是圆形在人心上所产生的效果，这人心的特殊构造使他可感受这种情感。如果你要在这圆上去找美，无论用感官还是用数学推理在这圆的一切属性上去找美，都是白费力气，美只存在于人的心里，美只是事物在人心里产生的一种效果。这一时期德国的理性主义哲学家也把美看作人主观反映、人理性判断的结果。比如莱布尼茨认为人的美感是一种混乱的朦胧的感觉，是无数微小感觉的结合体，真正的美是这种事物符合理性设计的完美目的，即符合一种"预定的和谐"的事物才是美的。德国哲学家沃尔夫也认为美是完善所引起的快感，产生快感的叫作美，产生不快感的叫作丑，一种适于产生快感的性质或一种显而易见的完善就是美。荷兰哲学家斯宾诺莎也认为美是对象作用于神经所感到的舒适。斯宾诺莎指出，如果神经丛呈现于眼前的对象所接受的运动使我们舒适，我们就说引起这种运动的对象是美的，而那些引起相反运动的对象，我们便说是丑的，这里是否使人"舒适"成了判断美与不美的标准。近代美学家中有人专门从心理学或生理学的角度出发来探讨美与愉快的关系，形成了所谓的"快乐派"。美国的马歇尔就是这样的代表。他认为外界刺激有大小，人的反应也有大小，当人的反应力量大于刺激力量时，人就会感到愉快；但是在不断刺激下，我们从低级感官所取得的愉快很快就会消失，而从眼睛、耳朵这种高级感官所得到的刺激却是持久愉快的源泉，能保持一种稳定的快乐，这种稳定的快乐就是美。李斯托威尔在其《近代美学史评述》中曾指出马歇尔相信美就是相对稳定的或者真正的快乐。美就是愉快，这种美学观念在西方美学史上很有市场。

到了现代，把美归结为人的主观心理状态的另一派是以弗洛伊德为代表的精神分析学者。弗洛伊德认为人的行为力量的源泉是潜意识中的性本能"力比多"，但人的这种本能力量常常在意识控制之下得不到表现和实践，郁积在潜意识中。这种郁积就会导致人的压抑和精神病，而这种潜意识得到宣泄、表现，人就会感到愉快。梦是人宣泄潜意识本能的一种重要方式，而作家、艺术家的艺术创造和对美的创造实际上也都是作家、艺术家的潜意识内容的转移和升华，是他们的"白日梦"。所以，在弗洛伊德看来，美的源泉和本质就是人的潜意识特别是性意识本能得到实现或者升华。在弗洛伊德看来，莎士比亚的《哈姆雷特》之所以具有永久的魅力，之所以是美的，原因就在于作品表现了哈姆雷特的潜意识。哈姆雷特为什么迟迟不能下手杀死那个杀了他父亲、娶了他母亲的仇人克劳狄斯呢？弗洛伊德认为哈姆雷特潜意识中也有这样杀父娶母的恋母情结，所以他迟迟不能下手。弗洛伊德把人的一切行为都归结为性意识本能，这种泛性主义观点的缺点是不言而喻的，脱离人的社会性、历史性而只从生物性的角度来看人的行为是不科学的，也是有危害的。不过他深入人的心理活动的最深层，挖掘人的行为的隐秘世界，还是有一定意义的，因为人的行为确实有一定的无意识的成分。而且，从西方思想实践来看，弗洛伊德的思想给整个西方文化以巨大的影响，许多领域都受到他的影响，很多人把他的理论和别的理论相结合，产生了一个个新理论，很多作家也在他的影响下创作出了迥异于前人的崭新形态的文学艺术作品，以至于有人说20世纪可分为前弗洛伊德时期和后弗洛伊德时期，弗洛伊德可以说是20世纪最有影响力的人物之一。

认为美是人的主观感受的观点还有谷鲁司的"内模仿"，布洛的"心理距离说"，等等。德国美学家谷鲁司认为模仿是人的本能，人的审美活动也是人的一种模仿活动，只是这种模仿活动和一般的模仿不一样。一般的模仿都要外现于肌肉、动作，实际去操作。而审美活动不外现在具体肌肉、动作上，只是一种感知觉的内在模仿。例如一个人看跑马，这时真正的模仿当然不能实现，他不愿放弃座位，而且还有其他不能跟着马跑的理由，所以他只能在心理层面跟着马跑动，享受这种内模仿的快感。这就是一种最简单，最基本，也最纯粹的审美欣赏了。谷鲁司把美看成人的内在模仿所得到的快感。把美和人的主观心理联系起来的有影响的观点还有瑞士的布洛提出的"距离说"。他认为美是人与对象保持一定的心理距离的结果，如果人与对象有直接的利害得失的功利关系，则往往只会存在切身的利益考虑而不会有美感产生。布洛以海上遇雾的例子说明了美感是距离：旅客如果真正置身于浓雾的行程中，就会由于担心遇到危险而焦虑、紧张，甚至绝望地颤抖，这时不会产生美感；但是如果这雾不会对旅客造成危险，旅客就会对那白色的，朦胧缥缈的雾的世界产生一种美感。布洛所说的距离实际上主要是一种心理距离，它不是空间上的物理距离，也不是时间上的距离，这种距离主要指一种主体的非功利的态度。德国的闵斯特贝尔格也曾提出类似的观点，即审美的"孤立说"，他认为科学研究是把事物的原因和结果，此事物和彼事物联系起来进行综合的比较，而审美则是把事物自身孤立起来，不和别的事物联系，也不去考虑事物的原因和结果之间的联系，只看这个事物本身的形象，只有采用这种孤立法，才能得到美。闵斯特贝尔格指出，科学就是联系，而艺术作品则是孤立，并且孤立就是美，像这样把美的本质归结为孤立同样是强调美的纯粹性、直观性和非功利性。把美的本质归结为人主观的感受、主观的心理活动，注意到了美的主体性，但又忽视了美的客观对象性和不以个人意志为转移的社会历史性，也是有不足的。

三、主客观结合派

在对美的探讨中，除了这种把美归结为主体或者客体的观点，还有一批人力图对这两种观点做一个综合，把主体和客体结合起来，从主客体之间复杂的关系和融合中探讨美。

在西方，较早真正从各种关系中来定义美的是启蒙主义时期法国的思想家狄德罗。他明确提出美总是随着关系而产生、增长、变化、衰退与消失，在狄德罗看来，一个物体之所以美是由于人们觉察到它身上的各种关系，不是由我们的想象力移植到物体上的智力的或虚构的关系，而是存在于事物本身的真实的关系，这些关系是我们的悟性借助我们的感官而觉察到的。狄德罗的"美在关系说"的"关系"包含这样几个内涵：一是一个事物自身内部各个部分之间的秩序、安排、对称等关系；二是一个事物和其他事物之间的关系；三是事物与人之间的情境关系。只有在具体的关系中事物才能美，事物本身无所谓美丑。比如"让他死"这句话本身既不美，也不丑，可是当这句话在高乃依的悲剧《贺拉斯》中被说出时，因为和我们的关系的改变，这句话产生的审美感觉就不一样。贺拉斯三兄弟与入侵的亚尔伯城的勇士库里亚三兄弟发生战斗，在战斗中，贺拉斯三兄弟死了两个，库里亚三兄弟则分别受了轻重不同的伤。剩下的一个贺拉斯假装逃跑，库里亚三兄弟在后面追赶，但因为所受伤势不同，追赶的速度有快慢，贺拉斯就利用这个机会把他们一一杀死了。老贺拉斯刚听到人给他讲儿子逃跑的时候，非常生气地说"让他死"。然而随着故事发展，贺拉斯和读者的关系在不断改变，这句"让他死"也随着关系的改变具有了不同的审美意义。其实，任何一个事物，一个行动，一个言论，要判断它的意义和价值，都需要把它放入特定的情境关系之中。《水浒传》中杀人放火的事情不少，但同样是斗殴杀人，对不同的情境我们会有不同的评价，如对武松的杀人、林冲的杀人、鲁智深的杀人，与对高俅的杀人、蔡太师的杀人、西门庆的杀人，读者的感受是不同的。狄德罗把美和人的情境关系联系起来，而不是孤立地从客体或主体单方面去定义美，拓展了美的空间，具有很大的意义。

把主体和客体综合起来考虑从而定义美的著名人物还有康德、黑格尔、里普斯、刘易斯等人。康德认为事物本身即"物自体"是不可认识的，人只能认识现象界。人认识外界的过程是在自己的先验范畴的基础上把自己的先验范畴加到感知上，自然的规律实际上是人自身的先验逻辑在自然身上的"投射"，是主体在为自然立法，而不是从自然界中归纳总结出什么规律。康德称自己的这一哲学是一场哥白尼式的革命。在康德之前，以莱布尼茨、沃尔夫为代表的欧洲大陆理性主义派美学和以伯克、舍夫茨别利等为代表的英国经验派美学各持己见，一派认为美是符合特定理性原则的，一派坚持美是事物外在感性特征给人的感性经验。康德则力图把事物给人的感性享受和某种普遍原则结合起来，认为美既给人感官快适，又包含普遍理性原则，看上去美的形式没有目的，但它实际上符合人类共有的某种普遍合目的。同时他把美放在"知"和"意"之间，认为美主要是情，连接知和意，美是人对外在事物所做的一种情感判断。所以，康德在《判断力批判》中指出，审美趣味是一种不凭任何利害计较而单凭快感或不快感来对一个对象或一种形象显现方式进行判断的能力，这样一种快感的对象就是美的。审美对象是一种令人愉快的对象，但这种愉快是一种无关功利的纯粹快感，一般的快感，比如饥饿的人吃了一顿饱饭的快感不是审美的快感。至于区别它们的办法，康德曾提出要看是判断先于快感还是快感先于判断，先有很强的快感然后做判断，这是一般的感官快适，已经判断了一个东西，然后产生快感，这种判断是非功利的、审美的。康德的这种审美判断不是完全个人化的主观判断，这种判断包含"人同此心，心同此理"的一种普遍道理，不借助于概念而普遍，因此康德又提出美是不涉及概念而普遍地使人愉快的。为什么能够普遍使人愉快呢？因为美的东西都是符合某种人类的合目的的，所以在《判断力批判》中他又给美下了如下的定义：美是一个对象的符合目的性的形式，但感觉到这形式美时并不凭对于某一目的的表现，美是符合某种目的的但主体又意识不到一个明确的目的，即一种"无目的的合目的"。从康德对美的定义来看，他是在对象和人的多重复合关系中来定义美的本质的，着重考虑的是美的普遍性。

到了黑格尔，他从自己庞大的哲学体系出发，把美定义为理念的感性显现。在黑格尔的体系中，整个真实界是一个绝对理念，它是抽象的理念或逻辑概念和自然由对立而统一的结果。绝对理念就是绝对精神或心灵，是最高的真实，绝对精神是主观精神与客观精神的辩证统一。主观精神就是主观方面的思想情感和理想，它是潜伏于人的内心的，所以还是片面的、有限的。它外现于伦理、政治、法律、家庭、国家等，这些具体存在就是客观精神。客观精神是外在的、不自觉的，也是片面的、有限的。只有当客观精神和主观精神相一致时，才产生绝对精神。因此，黑格尔所谓的美实际上就是绝对精神或者说普遍力量直接呈现于感性形式，感性形式直接呈现出绝对精神，这就是美。所以，黑格尔说："真，就它是真来说，也存在着。当真在它的这种外在存在中是直接呈现于意识，而且它的概念是直接和它的外在现象处于统一体时，理念就不仅是真的，而且是美的了。美因此可以下这样的定义：美是理念的感性显现。"[①] 换句话说，美就是形象化的真理，真理的形象化。真理不是美，形式也不是美，美是有真理的形式。理性与感性的统一，内容与形式的统一，主观与客观的统一是黑格尔美的定义的合理之处。显然，黑格尔对美的本质的探讨既不是单纯从主体也不是单纯从客体中去寻找美，而是在主客体的综合关系中定义美。不过黑格尔的美学最大的问题是他没有从具体的社会、历史环境与生产生活中来谈真理与真理的外现，他的绝对精神及其外现都是理念自身矛盾运动的结果，缺乏具体的社会历史性是其根本问题。

还有一种视角是从人的社会生活、人的实践劳动来定义美，这也可以说是一种广义的主客观结合派。俄国革命民主主义者车尔尼雪夫斯基较早明确提出"美是生活"的观点，把生活中的美当成美学研究的主要对象。车尔尼雪夫斯基指出，当时流行的美学思想是黑格尔的美学思想，黑格尔的美学是有缺陷的，黑格尔说美是理念的感性显现，这就是说凡是能最好地显现一个事物为这个事物本身的就是美的，即一个东西是这一类东西中最出类拔萃的，它便是美的。车尔尼雪夫斯基指出，一片出类拔萃的森林可以说是美的，但一群出类拔萃的老鼠却难以说它们就是美的。他认为不能说只有

---

① 黑格尔：《美学》第 1 卷，朱光潜译，商务印书馆 1979 年版，第 142 页。

体现了该事物的理念的事物才是美的，描绘一副美丽的面孔有理念的感性显现，但一副美丽的面孔本身就是美的，自然美本身就是美的，要自然美也去体现所谓理念，这是对自然美的轻视。现实生活的美是多种多样的，美应该就是生活。同时车尔尼雪夫斯基指出：任何事物，凡是我们在那里看得见，依照我们的理解应当如此的，那就是美的；任何东西，凡是显示生活或使我们想起生活的，那就是美的。车尔尼雪夫斯基强调重视现实生活，他把现实生活看得比艺术还高，认为现实生活是金条，而艺术只不过是钞票，艺术品是现实的拙劣替代品。车尔尼雪夫斯基指出：生活现象如同没有戳记的金条，许多人就因为它没有戳记而不肯要它，许多人不能分辨出它和一块黄铜的区别；艺术作品像钞票，内在的价值很小，但是整个社会都保证着它的假定的价值，结果大家都珍视它，很少人能够清楚地认识到，它的全部价值是由它代表着若干金子这个事实而形成的。车尔尼雪夫斯基为了强调现实生活而把生活抬高到最美的地位，这里面本身也有很多矛盾，一方面强调美是生活，另一方面又说依照我们的理解应当如此的生活，那么什么是应当如此的生活，这里也有很强的主观性。

从人类社会的生活、实践方面来认识美，把这一看法推向一个前所未有的高度的是马克思主义美学。马克思对美的认识的过人之处在于总是把美放入整个人类社会的历史、发展中来看待。人类有了劳动和实践，人从自然中生成，脱离了动物的状态，进入了人类社会的历史。人的历史是人类通过社会实践劳动能动创造的历史，马克思所说的人是历史的、有能动性的、有创造性的、劳动实践的、具体的人而不是抽象的人，所以马克思说人是社会关系的总和，五官感觉的形成是以往全部世界历史的总和。马克思主义美学的逻辑起点就是人的实践劳动和创造，是社会化了的人的审美实践活动，是历史性的、社会性的。因此，马克思在《1844年经济学哲学手稿》中提出了劳动创造美，人也按照美的规律来创造，美是人的本质力量的对象化和自然的人化等命题，认为劳动是美的根源，这就把美的本质研究引向一个新的制高点。正如歌德在《浮士德》中所描绘的那样，浮士德对什么都不满足，却在看到人们围海造田时的那一片繁忙的劳动景象的时候，感到满足了，感到那是最美的，因而想要让时间停一停，从而输了与魔鬼所打的赌。可以说，作为人的本质的实现，劳动确实是人们感觉美的最深刻的根源，这是我们进行美学研究的重要根据和基础。

四、美的真谛

关于什么是美的真谛，从美学史来看，可以说是众说纷纭。那么究竟应该怎样认识美呢？美的真谛究竟是什么呢？

这是文艺美学的一个根本问题，是个不得不回答的问题，因为怎么定义美就会怎么定义艺术。应该说美的内涵确实不是一成不变的，它具有一定的相对性，但这绝不意味着美没有什么标准可言，绝不意味着美没什么立场可言。事实上世界上确实存在着不分种族、国家、男女老少、时代、地域等而被普遍认为是美的东西，面对同一个审美对象《蒙娜丽莎》，不同的人会异口同声地说出相同的判断——美。那些从古到今，从西方到东方，从南方到北方都共同传颂的经典艺术作品，如《荷马史诗》，莎士比亚的戏剧，歌德的诗歌，达·芬奇的绘画，米开朗琪罗的雕塑，肖邦的音乐，唐朝的诗歌，等等，都说明了大家有共同的审美判断。"目之于色也，有同美焉"，美还是有一定的共同本质规定性的，并不是一个任人打扮的小姑娘。在我们看来，我们至少可以这样来定义美：

第一，我们不能说美与人无关。如果没有人，那就没有美存在。当然我们现在称为"美的东西"的那些"东西"，即各种物质还是存在的，但那已经不是"美的东西"了，而只是"东西"，至于是不是一个"美的东西"，要有人以后才会形成这样一种判断。美的事物是一个判断。人没有到过黄山，黄山依然存在。黄山有山有水，有云有雾，但黄山没有"美的云雾"这个东西。黄山上的挑夫，天天从黄山山脚下挑东西到山上，在他晶莹的汗珠中，他充满了疑问，这么多人不远万里到这里来干什么，他眼中的黄山一路艰辛，没有"美的黄山"存在。黄山里没有"美"这个物质存在。黄山的"雾"不是"美元素"，黄山的"松"也不是"美元素"，黄山的"石"也不是"美元素"，"这雾""这石""这松"组成的一幅整体的画面在"这山上"映入人的眼帘，人们发出的好的评判才是美。因此，如果黄山是无条件存在的，那么"美的黄山"就是有条件存在的，人是美的根源。世间万物，人为贵，人是宇宙的精华，万物的灵长，如果有自然美，那么自然是因人而美。与外在事物的美相比，人的美是一种本源性的美，是一种更高级的美。宋代浣花女有一首《潭畔芙蓉》很有意思："芙蓉花发满江红，尽道芙蓉胜妾容。昨日妾从堤上过，如何人不看芙蓉。"意思是：大家都说芙蓉花美，怎么昨天我从堤上过，大家都不看芙蓉而在看我呢？可以说这首诗生动地说明了不管外在的"芙蓉花"多么美，真正的美还是人的美，"芙蓉不及美人妆"，人能"解语"花不能，人是最后的美。

第二，美不是"死"的客观物，美是正在生成的。美不是一个个"美的东西"，美不是一个可以从地上捡起来的客观存在的"物体"或"实体"，不是早已存在于某个地方等待人们去认识的东西。一部《红楼梦》放在床头，如果没有人去阅读它，只是拿它来垫不稳的桌子，或者只是把它作为废纸卖入废品收购站，那么《红楼梦》就不是什么美的艺术作品。或者，人只在生病的时候阅读《红楼梦》以研究里面的药方治病，那么它也不是什么美的艺术品。所以，《红楼梦》本身不是美，不是艺术。当人正在以审美的方式来阅读《红楼梦》的时候，在这个阅读过程中正在生成的一种人生的愉悦状态，才是美。没有这种审美方式的创造活动，就没有美。美是即创即生、不创不生的。而几千年来，人们习惯于追问的"美是什么"这个问题，都预先设定了有一个客观的"美的实体"存在于某个地方等待人们去认识，而结果是众说纷纭。导致这种情况的一个最重要的原因就是把美当作了一个客观对象。实际上没有客观的美这个物质，只有美感。美，就是美感。美，就是美的心态。美，从心开始。境由心生，故谓"若言琴上有琴声，放在匣中何不鸣？若言声在指头上，何不于君指上听？"，指与琴相遇之时，人按照美的规律进行弹奏与欣赏，才有美的诞生。

第三，美的本质是与人的本质相一致的。正如马克思所说，人从动物中来，就不能完全弃绝他身上的动物性，人是生物性的人，所以美有生物性的生理基础和感官快适的享乐基础，这是不必否认也不能否认的。但同时人又是社会性的人，在劳动实践中有意识地、能动地、创造性地不断超越自己的生物性，而这种劳动和创造恰恰是人的本质，人所赞赏、追求的是这种能动性、创造性和超越性，而不只局限于他本能的生物性满足。当我们说一个东西美时，这个东西里一定有人所追求的价值。人追求感官快乐的满足，但人更追求自己价值的实现，追求属于人的本质的能动和超越。当人衷心说一个东西美时，这个对象一定符合了人的生物性感官要求，也符合了人对本质实现的要求。如果只满足了人的生物性享受，那么，稍纵即逝的快乐之后，人将很难得到持久的美感。而对那些不能满足人的感官快适或者不符合人的本质追求，即与人追求创造超越的本质不符的东西，比如腐烂的尸体、发霉的屋子等，人就会认为是丑的。美在本质上是与人的本质相一致的。有的植物接收到某种声音，会产生形体的变化，雄孔雀会在雌孔雀面前展示自己美丽的羽毛，雄狒狒也会在发情期在雌狒狒面前展示自己。但这些行为都不是美的判断，而是一种本能的族类生存的自然表现，所以，我们并不同意达尔文所说的动物也有美的判断的生物主义观点。

第四，人只能在对象身上实现自身的本质存在。人的能动、创造不能在他自己的肉体上体现出来，人在自己身上只能实现自己的生物性需要。因此，人的本质是在对自然作用的过程中实现的，外界事物体现了人的本质。人的本质"对象化"在自然上，自然也就"人化"了。人在看"人化"的自然时，实际上就是在看人自身。当人说外在的"物"美时，实际上是在说自身的本质是美的，实际上是对自己作为人的本质的认可。比如当我们赞叹长江大桥的雄伟时，其实我们赞叹的是人经天纬地的创造力。人是一个"两栖动物"，他生活在现实的、时间性的有限生活中，受种种自然冲动和欲望的纠缠和支配，但是他又同时把自己提升到永恒的高度，从有限抵达无限。因此，他要改变，他要创造自己的成果，在对象中直观自身。他由自己而且为自己造成他自己是什么和一切是什么。自然界事物只是直接的，一次性的，而人作为心灵却能复现自己，以此确证自己。因此，他要通过实践来达到为自己和成为自己，他有想要通过实践改变外在事物的冲动和本质要求，就像一个小男孩把石头抛入河水，以惊喜的眼光欣赏着这个作品，认为它是美的一样，美是人自己创造的东西在对象上的显现。

第五，美是肯定人自身本质的一种特殊方式。人有很多肯定自我的方式。得到了父母、老师、组织、政府的表扬，获得了金质勋章，觉得自己有价值了、了不起了，踌躇满志了，这是肯定自我的方式，即从他人的眼睛、语言和行动那里肯定自我。自己以前设定的一个理想实现了，自己喝个庆功酒，或者向他人炫耀一下，这也是肯定自我的方式。人类改天换地了，沧海变成桑田了，飞机上天了，人类在月球上迈出一小步了，钢花四溅了，机器轰鸣了，地球变成一个"村庄"了，看见这些丰功伟绩，人觉得自己了不起了，觉得自己和那些牲畜不一样，是"人"了，这是人肯定自我的方式。还有，当人看见一个形象时，他突然觉得一切都不重要了，觉得宠辱皆忘了，觉得十足愉悦了。这种愉悦不能给他带来他迫切需要的物质，但他仍然不由自主地浑身战栗，不由自主地忘怀一切，沉醉而迷恋，他觉得这时候的自己是真正的快乐，快乐至骨髓，这时他觉得做一个人是值得的，哪怕再做一次人也是值得的。这是美的世界给他的快乐，这是美给他的自我肯定。它不是用人们的理性、逻辑的概念直接加以肯定，而是饱含情感地融入一个具体的可以感受到的形象中，在一种愉快的身心体验中不知不觉地获得对自身本质认同的一种更高级别的愉悦。美是一种直接获取的鲜活的形象。因此，美应该具有形象性。但这个形象不是人直接反映外在事物的结果，不是对一个形象的简单机械的接收。这个形象是他自己带着自己与生俱来的"先结构"和后天形成的"合法偏见"，通过自己的头脑创造出来的形象，是肯定自己的形象。

第六，美的本质是自由的人生境界。美的形象是人自由创造形成的，体现出人的自由性、能动性和创造性，它不是一个现成的、僵化的形象，而是在人的创造中动态生成的。自由是人生的最高境界。人受着社会的、世界物质的外在功利欲望等的束缚，人在"此岸"世界中常常不能得到真正完全绝对的自由，而在审美中，人完全解除了各种依附和束缚，解放了自己，达到了一种精神的绝对忘我的超越状态，实现了精神的自由创造，得到了人生的一种高峰体验。没有外在的强权、奴役、规矩这些有形的约束是一种自由，而真正的自由是一种积极的自由。自由是人的价值的完全实现，是对众多无形束缚的超越。有形的不自由容易看见，容易冲破，而无形的不自由不容易超越。就像超越地球引力而飞天一样，自由一直是人梦寐以求的理想。审美更多的是超越那些无形的不自由，如我们对于一时的功名利禄的趋炎附势、追腥逐臭，对于蝇头小利的斤斤计较，与他人的明争暗斗，灵魂和肉体的盲目冲撞，等等。禅宗经典提到寒山曾经问拾得："世间有人谤我、欺我、辱我、笑我、轻我、贱我、恶我、骗我，如何处置乎？"拾得曰："只是忍他、让他、由他、避他、耐他、敬他、不要理他，再待几年，你且看他。"拾得所说乃一种心灵的自由解放。其实，人世间事长远来看，"谈笑间樯橹灰飞烟灭"，世间很多烦恼、痛苦、不自由，很多时候都是由于我们自己太执着，由于我们自己拘泥于眼前的苟且。我们只有跳出这短暂的得失与眼前的利益，超越时间与空间，"纵浪大化中"，才能发现天地无限美好。美就具有这种超越性。

人们从外在的各种束缚中解放出来，活出自我，活出真我，是其所是，这就是美。凡·高曾经说："我认为一个农村姑娘比贵妇人更美，她那褪了色的、打有补丁的裙子和紧身衣，由于气候、风和太阳的影响，因而产生出最微妙的色调。假如她穿上贵妇人的衣服，就会失去她特有的魅力。一个在地里穿着粗布衣服的农民，比他在礼拜天穿着节日盛装到教堂去更为真实。"[①]一个农村姑娘活出了农民的本真、本质，而不是去冒充贵妇人，她是她自己，她就是美。男人活出男人的本真，女人活出女人的本真，这样能够达到本真自我、实现自我、活出自我的境界而不是处处模仿别人，有这种自由，就是真正的美。真正的美不单单是外在的身体美、外貌美，而是一种心灵美。有的人外貌不美，心灵也不美，《水浒传》中的蒋门神、《十五贯》中的娄阿鼠、《死魂灵》中的梭巴开维支、《欧也妮·葛朗台》中的葛朗台等就是这样。而有的人外貌美，但心灵不美。《红楼梦》中的王熙凤长得恍若神妃仙子，但明里一盆火，暗里一把刀，她的美就大打折扣；夏桀、商纣王，身材魁梧，外表俊朗，却遗臭万年；潘安貌美，但对于权贵望尘而拜，这让人对他大失所望，他的外表美也因此只是躯壳了，得不到人们的尊重；诗人普希金的妻子冈察洛娃外貌迷人，但生性放荡，导致普希金与人决斗而死，从而被人们诟病。希腊美少年那喀索斯在小溪边洗脸，发现水中自己的容貌如此之美，一下爱上水中的自己不能自拔，以至于孤芳自赏，对那些爱他的人也不理不睬，伤了很多人的心。那喀索斯就这样顾影自怜，直至死去，变成了一株水仙。那喀索斯被外貌迷惑，失去了内在精神的追求，失去了心灵的平和，只能孤独地死去。还有一些

① 杨身源、张弘昕编著：《西方画论辑要》，第 428 页，江苏美术出版社，1990 年。

人外貌丑陋，但心灵美：西周的周公，身材像一株枯折的树干；孔子的脸型凶恶，像古时候驱逐厉鬼的方相；伊尹脸上没有须眉；大禹半体偏枯；舜眼睛里有两个瞳孔。这些贤人圣人长得都不美，但他们精彩的人生，他们内在的心灵、精神的美使得他们流芳百世。休谟长得腰肥体胖，表情木讷，但他却对审美趣味有精细的品鉴，对美有细腻入微的感受，是一个著名的美学家。当年《牡丹亭》一出，其凄美哀婉的唱词打动了无数人的心，很多青春少女都愿为"才子妇"，幻想着这位才子如何风流倜傥。但汤显祖本人外貌实在五大三粗，与柔美的《牡丹亭》非常不一致。汤显祖丰富多情的心灵与他粗犷的外貌之间存在着差异，这再次说明人不是因为美丽而可爱，而是因为可爱而美丽，外貌可以不美，只要心灵美，这个人一样能获得人们的接受和赞同。但人如果心灵不美，不管外貌多么美，都不会长久获得人们的喜爱。外貌美与心灵美能够双璧合一当然最好，但若不能双美，则首先要保证心灵美。外貌美短暂，心灵美长久，心灵美是从外貌美的束缚中解放出来的一种自由。

自由是自我的完全解放，是心灵真正的归宿，是灵魂的安居家园，是人的本质彻底实现的满足，这确实是人们感觉美的最深刻的根源，也是我们进行美学研究的重要根据和基础。人固然可以身似已灰之木，但也完全可以心如不系之舟。对于人来说，美是人的另一种生活，一种精神的自由生活,如庄子所言的"独与天地精神相往来"的逍遥游的生活。从这个意义上讲,美的本质是自由的生活,美是自由的确证。这是一种人生境界,一种独特的人生实践,是最具有本己性的精神生活。冯友兰先生说人可以有四种境界:自然境界、功利境界、道德境界与天地境界。美正是在这些人生境界中生成的。王国维先生曾经说:"古今之成大事业、大学问者,必经过三种之境界。昨夜西风凋碧树,独上高楼,望尽天涯路。此第一境也。衣带渐宽终不悔,为伊消得人憔悴。此第二境也。众里寻他千百度,蓦然回首,那人却在灯火阑珊处。此第三境也。"[①] 也许这三种境界本身没有高下之分,也不是从低到高排列,但可以说人生是有不同境界的。那种蓦然回首的境界是阅尽人间芳华的恍然大悟,是人生展开丰富性之后的返璞归真的纯粹,是恢恢乎游刃有余的从容之境,是一种自由的美的境界。如果说神话中美神维纳斯是从贝壳中诞生的,那么人真正的美则是在创造性直觉中与人的本性相一致的人生境界中诞生的。美是在人以非功利态度直观事物形象的创造性活动中生成的人生境界。文艺的第一要务是创造美,从这个意义上讲:文艺的第一要务就是创造另一个世界,一个实现人生自由境界的世界;文艺就是对人生创造性境界的表现,是对人生自由境界的确证。

---

① 王国维:《王国维文集》第 1 卷,中国文史出版社 1997 年版,第 147 页。

第三节 •
文艺的功能 •

　　文艺的首要特质是审美性，首要功能是审美功能，这种审美性对人的作用是复杂的。马克思告诫我们要把"批判的武器"和"武器的批判"相结合，也就是说当一个理论被人民所掌握时，它作为一个批判的武器是非常有用的，但同时我们绝不能只把这种批判作为斗争的武器，而必须把真正的武器拿来批判对方，和对方进行斗争。艺术也是如此。鲁迅先生写了一百篇声讨军阀孙传芳的文章，孙传芳照常在北京做他的官，但北伐军进攻北京时，才打了一炮就把孙传芳轰出了北京。这表明虽然艺术是有用的，但它也没有直接的实用性和力量，对社会对人生没有什么直接的作用，恰如李白所感叹的，有时候万言不值一杯水。我们说鲁迅先生的文章是"匕首"，是"投枪"，但鲁迅先生的文章本身并不是匕首、投枪，并不能直接把侵略者赶出中国，人们还得靠实际的斗争，依靠枪杆子才能迎来最后的解放与胜利，这是我们对艺术功能问题首先应该有的态度。但是同时我们也应认识到，一旦艺术进入读者的心里，为读者所接受，它就会在很大程度上影响一个人甚至一代人，比如《钢铁是怎样炼成的》《红岩》等文学作品鼓舞、激励了一代又一代人克服重重困难，迎接挑战，走向新生活。在极其困难的情况下，很多人选择将艺术作品作为自己精神的支撑和力量的源泉以渡过难关，艺术也是有这样的力量的。明朝有记载，有一个屠夫平日里切菜稍微碰破了自己一点皮就要大喊大叫，而有一天他听完评书《三国演义》后回来不小心把手切破了，鲜血直流，但他却照常劳动，人们都不禁问他今天怎么不喊不叫了，他回答说："人家关云长刮骨疗毒还照常看书，我这点痛有什么了不起的。"可见文艺给人的精神力量，对人的改变作用是巨大的。托尔斯泰曾经说艺术应该是给人们带来幸福、使人们脱离苦难、予人们以安慰的东西，人们之所以还需要艺术，艺术之所以还能存在，就是因为它对于人来说具有巨大的影响与作用。

我们知道从历史上来看，对艺术功能问题的认识，主要有这样几种观点。一种是认为艺术对社会没有什么好的功用，对艺术持一种贬低的态度，比如柏拉图从自己的哲学政治观点出发，认为文艺亵渎神灵，不真实，会引起人的哀怜、感伤和诙谐癖，会把青年引向非理性的、不坚强的道路，对整个国家的教育极其不利，所以他要把那些抒情的诗人驱逐出理想国。在中国，墨子提倡"非乐"，认为艺术是一种奢侈浪费，应该取消。韩非子也认为"儒以文乱法，而侠以武犯禁",认为文人不可用,用则国乱,崇尚实战军功,严刑峻法,对文艺持一种贬低的态度。当然,在历史上也有众多的人认为艺术具有巨大的作用,比如荷马强调文艺的愉悦作用,而赫西奥德则十分重视文艺的教育作用,亚里士多德认为文艺具有净化人心的作用。贺拉斯则明确提出了文艺有"寓教于乐"的作用。艺术的道德教育作用、愉悦作用和寓教于乐的作用基本概括了古典时代对于艺术作用的认识,正如卡冈指出的:"古代希腊人早就指出,艺术的作用是'训诲、娱乐'。这种说法尽管非常幼稚,但它作为一条美学的原理坚持下来,一直流传到 18 世纪。"[1] 中国古代很早就重视艺术的作用,比如孔子说"兴于诗,立于礼,成于乐,据于德,依于仁,游于艺",把艺术作为成就君子之业的必要条件,并且认为"诗可以兴,可以观,可以群,可以怨"。孔子还曾对他的儿子说"不学诗,无以言",认为文艺具有巨大的功用。同时中国古代艺术理论认为声音之道,与政通也,认为艺术可以真实反映人民的心声与时代政治的状况,正所谓"治世之音安以乐","乱世之音怨以怒","亡国之音哀以思"。中国古代还专门设立了采诗官来采集民间歌谣以观民风,认为此行可以辅助治国,可见中国古代是非常

---

① 卡冈:《卡冈美学教程》,凌继尧、洪天富、李实译,北京大学出版社 1990 年版,第 253 页。

重视文艺的功用的。《毛诗序》里提出诗可以"经夫妇，成孝敬，厚人伦，美教化，移风俗"，钟嵘在《诗品》里也说"动天地，感鬼神，莫近于诗"，都非常重视文艺的功用。

　　不过我们必须指出，文艺有无作用或者有何作用的问题，必须是在艺术作品已经被人阅读了的基础上才能展开讨论的。如果艺术作品不被人阅读，那么艺术是不会有什么作用的。一套《莎士比亚全集》放在床头，如果不被人阅读，它就与放在地下室里的土豆一样，只不过是一个"物体"，最多只不过是一个有着审美可能性的"物"。正如黑格尔所说："艺术作品尽管自成一种协调的完整的世界，它作为现实的个别对象，却不是为它自己而是为我们而存在，为观照和欣赏它的听众而存在。……每件艺术作品也都是和观众中每一个人所进行的对话。"[1] 没有这种交流对话，艺术品就还不是艺术品。因此，海德格尔强调艺术作品的"物性"，认为艺术作品不被阅读，就不是艺术作品。人们阅读艺术作品，就是与作品的世界、作者的世界进行交流。伽达默尔认为艺术接受是"视界的交融"，是读者的视界和作品的视界的交流、对话。所以，艺术的功能实际上首先是人与人之间交往的功能，它是一个灵魂与多个灵魂的交流，是多个灵魂与一个灵魂的交流，是全世界人与人之间的相互交流和诉

---

[1]　黑格尔：《美学》第 1 卷，朱光潜译，商务印书馆 1979 年版，第 335 页。

说，是人类除了语言之外的又一种交流的渠道。这种交流与共鸣是文艺最重要的功能，也是文艺发挥功能的前提。

艺术是从艺术创作到艺术作品再到艺术交流接受的完整过程，从发送到接收，中间经过符号语码的中介，这一整个动态过程才是艺术。苏联美学家卡冈在其《卡冈美学教程》中指出："艺术的产生是为了尽善尽美地组织人们的交往，艺术在人类历史的全部时期内，始终被人们用来实现这一首要的目的。换句话说，艺术起到特殊的'联系渠道'的作用，人们借助艺术交流思想、感情和意象，总结个人的精神生活。艺术的价值在于，它使个人参与另一个人的精神活动，能够以特殊的灵敏和充满诗意的热忱理解世界。"[1] 因此，艺术就是以艺术的方式进行沟通，艺术是各美其美，美美与共，以此实现天下大同的人心归一。阿·托尔斯泰曾经说："您，作家，被抛到一个荒无人烟的岛上。假定您深信在死之前您再也见不到一个人了，而您留给世界的东西永远不会问世，那么，您会去写小说、戏剧、诗歌吗？当然，——不会的。"[2] 这也再次告诉我们艺术创作最终的目的就是交流，艺术就是艺术的诉说。

当然，从一般意义上来说，艺术除审美、交流的作用

---

[1] 卡冈：《卡冈美学教程》，凌继尧、洪天富、李实译，北京大学出版社1990年版，第250页。
[2] 尤·鲍列夫：《美学》，冯申、高叔眉译，上海译文出版社1988年版，第368页。

外，也有认识世界和教育、启迪人的作用。莫泊桑曾经在《谈小说创作》中说读者是由许多人组成的，这些人向作家要求安慰、娱乐、感动、梦想、欢笑、恐惧、流泪、思想等，不同的读者对于作家的作品有不同的期待，艺术因此承担着众多不同的功能和作用。艺术是对现实生活的能动反映，具有很高的真实性，因而具有很高的认识价值。我们可以从中认识世界发展的一些规律、知识和原理，认识人生中的各种关系、美好与丑恶等。恰如别林斯基所说，一般的科学、哲学是用三段论和概念、公式给我们证明世界的一般规律，而文学艺术是用形象给我们演示世界的一般规律，艺术与科学是用不同的途径和方式来达到认识世界的共同目的。恩格斯曾经说，他从巴尔扎克的作品中所学到的关于 19 世纪法国资本主义发展的知识比从当时 19 世纪所有的统计学家和经济学家那里学到的还要多。一些杰出的艺术作品，往往能够帮助人们更加清楚地认识各种历史以及现实社会生活，比如杜甫的诗被人们誉为"诗史"，人们通过杜甫的诗歌，非常形象地了解到唐朝安史之乱的情形。再比如我们通过阿 Q 这个人物形象十分生动地认识到当时中国国民身上的那种劣根性，他的可怜与可笑引起我们对国民性的极大关注，是一个极好的教材。有了这种认识的功用，文艺对人们就有了极大的教育作用，如道德的教育、知识的教育、生活的教育等。艺术感染人、打动人，告诉人们应该追求什么、赞扬什么、诅咒什么、抛弃什么，从而在潜移默化中教育人们，它不是单纯地用证据、道理来说服人。比如：看了《简·爱》，人们在应该追求什么样的爱情这个问题上受到了深刻的教育；在看了《钢铁是怎样炼成的》后，人们在人应该怎样度过一生这个问题上受到了极大的教育。这种教育作用是在不知不觉中潜移默化地进行的，不像数学、哲学那样用明确的公式告诉我们。梁启超曾说文艺的作用在于"熏""浸""刺""提"。他说的"熏"，就好像进入云烟中而为其所烘，如近墨朱处而为其所染，"今日变一二焉，明日变一二焉，刹那刹那，相断相续"，久之则可改变人也，这就是艺术对人潜移默化的影响。而"浸"是针对实践而言的，是指沉入小说中，与小说中的人物同喜同悲，同生同死，感同身受，这样在不知不觉中也就受到小说的教育了。而"刺"是刺激之义，熏、浸之力在使感觉者不觉，刺之力在使感受者骤觉，某些棒喝使读者麻木的心灵一下子受到刺激，如冷水浇背般惊醒过来，受到震动从而受到教育。"提"则主要是指读者提升自身的境界，自化于书中的文艺感染之力。梁启超所说的"熏""浸""刺""提"很好地阐释了文艺的多重功用。当然文艺作为一种艺术，它最重要的作用还是带给我们美的享受、美的愉悦，审美功用是文艺的首要功能。尼采曾经认为希腊悲剧艺术诞生于"日神精神"和"酒神精神"，日神精神就是人们追求绚烂美丽的精神，酒神精神就是人们追求忘我沉醉的精神，艺术要么给人们如醉如痴的情感的沉醉，要么给人们精妙绝伦的美景，艺术应该给人们美的享受。艺术给人的认识、教育作用是在美的画面中不知不觉产生的，不是强加于人的，不是科学、哲学那样说服人的。艺术感染人、陶冶人，让人在这种感染与陶冶之中树立理想，改变态度，充实人生。艺术的首要任务是给人美的享受，线条、色彩、文字的排列组合，音韵节奏的感受，结构组合的匠心，情节的精巧动人，场景的美丽，情感的真挚，思想的高尚等外在形式和内容都应该符合美的规律，给人美的享受。总之一句话，艺术是按照美的规律来创造的。

黑格尔曾经指出艺术究竟要同时服侍两个主子：一方面要服务于较崇高的目的，另一方面又要服务于闲散和轻浮的心情。人们常常要求艺术在给人们欢乐的同时教给人们某种道理和知识。在古典艺术理论中，要求艺术有较崇高的作用是占主导地位的思想，而自19世纪中期以来，艺术越来越成为某种个人化的存在，越来越成为人们消遣和宣泄的工具，成为个人感受、体验、直觉、情绪、梦幻、情感和无意识等的发泄，艺术越来越服务于"轻浮"的目的。艺术成了人们逃避痛苦的暂时避难所，如叔本华所说是悲剧人生的花朵，如马蒂斯所说只是一个可以休息一下的扶手椅，他说："我所梦想的是一种平衡、纯净、安宁的艺术，其中没有令人烦恼或使人沮丧的题材，对于每一位脑力工作者——不管他是生意人还是作家来说，它或许像一种让人平静的感化力，一种精神上的抚慰，一张可以让人从身体劳顿中恢复过来的扶手椅什么的。"① 艺术从一种崇高神圣的"光晕"中走出来，在机械复制的时代，更多地变成了一种供大众消遣的"快餐"，经典与深度变成了零散的碎片和瞬间。而在网络与数字化不断发展的今天，文艺经典与它提升、净化人的灵魂的功用受到碎片化、娱乐化与资本化的冲击，文艺功能问题再次成为我们关注的问题。黑格尔曾预言说："就它的最高职能来说，艺术对于我们现代人已是过去的事了。因此，它也已丧失了真正的真实和生命，已不复能维持它从前的在现实中的必需和崇高的地位。"② 黑格尔关于"艺术终结"的命题在他之后一直被人谈论。在当前数字化和智能机器人来临的时代，艺术的功能是什么？有什么样的功能？什么是艺术？艺术终结了吗？这些是值得深入思考的问题，也是我们不得不思考的问题。

研讨专题

1. 怎样看待文艺生产与艺术生产的不平衡关系？

2. 艺术与美的关系是怎样的？

---

① 沃纳·霍夫曼：《现代艺术的激变》，薛华译，广西师范大学出版社 2002 年版，第 24 页。
② 黑格尔：《美学》第 1 卷，朱光潜译，商务印书馆 1979 年版，第 15 页。

3. 文艺的主要功能是什么?

拓展研读

1. 伊格尔顿:《美学意识形态》,王杰、付德根、麦永雄译,中央编译出版社 2023 年版。

2. 黑格尔:《美学》第 1 卷,朱光潜译,商务印书馆 1979 年版。

3. 刘若愚:《中国文学理论》,杜国清译,江苏教育出版社 2006 年版。

第三章
/Chapter 3/

文艺的创作

　　文艺创作，中国古代曾有"虚静""神思""兴会""凝思""苦吟""妙悟"的说法，而西方则有"迷狂""天才""激情""无意识"等理论，都谈到了文艺创作中的某些心理机制问题。文艺创作是一个极其复杂的综合性劳动创造活动，它的一些规律也比较复杂，不能简单地一言以蔽之，所以我们分别从创作的一般过程、创作的思维方式、创作的方法、创作的理想形态和创作中的特殊现象等方面加以探讨。

第一节 ●
文艺创作的一般过程 ●

　　郑板桥说自己画竹常常要经过三个阶段，即从眼中之竹到胸中之竹再到手中之竹，这实际上形象地说明了艺术创作的一般过程。艺术创作一般要经过三个阶段：第一，眼中之竹的审美感受阶段或者说材料积累阶段；第二，胸中之竹的艺术构思阶段；第三，手中之竹的艺术物化阶段。

一、创作的三阶段

　　艺术家要进行创作，首先要解决创作对象的问题，即明确要创作什么。蜜蜂酿蜜要采百花，春蚕吐丝要吃桑叶，艺术家要创作则必须腹有诗书，胸有笔墨，必须有丰富的阅历、广阔的见闻、磅礴的积累。人的情感、意识、思想、观念都不是先天就有的，它们是在外在世界的刺激下，对外在世界的反映。作家要想有永不枯竭的创作源泉，就必须不断地从生活中收集信息，积累材料，获取创作的灵感。作家积累材料主要有两种途径：一种是直接从生活中通过自己的所见所闻、自己的观察体验来收集材料，激发自己的创作激情与灵感；另一种方法是通过书本、他人的见闻等间接材料的积累来丰富自己的思想。中国古人常讲"读万卷书，行万里路"，作家要尽可能多地深入生活，深入观察，获取第一手的信息，发现生活中的闪光点，为创作做好准备，就像石涛说的"搜尽奇峰打草稿"。中国的艺术创作讲求感物而动，认为人心之动，物使之然，所以特别强调拟容取心，感物吟志，强调对外在世界的观察体验。钟嵘说："春风春鸟，秋月秋蝉，夏云暑雨，冬月祁寒，斯四候之感诸诗者也。"[1] 诗人、作家就必须这样得江山之助，敏感于外在世界的每一分变化，"登山则情满于山，观海则意溢于海"，"目既往还，心亦吐纳"，"情往似赠，兴来如答"。在这样的形势下，诗人感物，连类不穷，流连万象之际，沉吟视听之区。写气图貌，既随物以婉转，亦与心而徘徊。在这样对世界的物色中，情动而言形，理发而辞见，作家自然就有高妙之言，闭门造车是不可能有文艺的创造的。

深入广阔的生活海洋这个无尽的宝藏里，这是对作家的一个基本要求，生活是作家取之不尽、用之不竭的源泉，毛泽东在《在延安文艺座谈会上的讲话》中指出："有出息的文学家艺术家，必须到群众中去，必须长期地无条件地全心

---

[1] 何文焕辑：《历代诗话》上册，中华书局2004年版，第3页。

全意地到工农兵群众中去，到火热的斗争中去，到唯一的最广大最丰富的源泉中去，观察、体验、研究、分析一切人，一切阶级，一切群众，一切生动的生活形式和斗争形式，一切文学和艺术的原始材料，然后才有可能进入创作过程。"①生活是文艺创作的源泉，生活中有太多的智慧需要作家去学习、搜集和整理，人民的智慧是无穷的，他们的艺术也是无比美好而感人的。比如：形容一个人高，《水浒传》里说"摸着天"杜迁；形容一个人矮，《水浒传》里说"三寸丁"五大郎。这都是直接的形象。但山东一个农民说自己矮的时候却说"恨天高"，令人叫绝。李白写思念一个人时说"玉阶生白露，夜久侵罗袜。却下水晶帘，玲珑望秋月"，而老百姓则简洁地说"擦了一根洋火，点上一个灯；长下一个枕头，短下一个人"，民歌里则写"月亮出来照山岩，手把槐树望郎来；娘问女儿'望什么'，'我望槐花几时开'"。多么清新、质朴而美丽，民间艺术作品表达情感真挚朴实，自然流露，魅力无穷，是我们文艺创作不尽的宝藏，值得我们像潜水员一样深深地潜入底层吸收养分。

　　无数的作家和诗人正是这样做而取得了成功的。柳青写《创业史》，就自己到农村去住了几年，扎根在农村；李季创作《王贵与李香香》，自己到陕北去收集了大量的民间

---

① 毛泽东：《毛泽东选集》第 3 卷，人民出版社 1991 年版，第 860—861 页。

信天游的歌曲，为创作积累了大量材料。现在我们强调作家走出去，到下面去采风，而不能坐在书斋里闭门造车，就是强调作家要亲身感受，想要真实反映生活，就必须自己去看、去听、去想、去做，而不能想当然地编造。韩干画马，以马为师，师马不师人；赵子昂画画，每次画之前都要在镜子前面模仿所画的对象。这都是在创作的准备阶段的积累与沉淀。中国古代的艺术创作讲求外师造化，中得心源，艺术师法己心，而心师目，目师华山，艺术灵感的最终来源还是自然，还是生活，还是世界本身。艺术家只有向生活、世界学习才能创作出伟大的作品，否则再著名的艺术大师也可能闹出笑话来，比如戴嵩画牛的故事就告诉我们，即使是画牛的名家，如果不观察生活，不在生活这个唯一的源泉中吸取养料，也会犯错误。所以歌德说："我只劝你坚持不懈，牢牢地抓住现实生活。每一种情况，乃至每一顷刻，都有无限的价值，都是整个永恒世界的代表。"① 中国古语说"身之所历，目之所见，是铁门限"，阅历、见识决定了文章作品的限度。

当然，我们也知道光靠作家自己一人实地观察、体验，范围十分有限，毕竟个人精力也是有限的。作家写的东西包罗万象，有时写战争，有时写强盗，有时写农夫，有时写妓

---

① 爱克曼辑录：《歌德谈话录》，朱光潜译，人民文学出版社 1978 年版，第 12 页。

女，有时写国王，有时写老人，有时写小孩，有时写男人，有时写女人，有时写人间，有时写地狱，有时写天堂，有时写古代，有时写现代，如此丰富的内容，作家不可能都一一去亲自体验，这时候间接材料的收集就显得特别重要。"读书破万卷，下笔如有神"，读书也是我们增长见识、获取知识的好方式，通过书本收集间接材料，也是文学创作的重要准备。姚雪垠写《李自成》就查阅了大量的历史材料；蒲松龄写《聊斋志异》，很多故事都是他的朋友邮寄给他的，他说自己"才非干宝，雅爱搜神"。每一个成功的作家都有大量阅读、收集材料的经历，不读书而成为伟大的艺术家是不可能的。刘勰在《文心雕龙》里说"积学以储宝，酌理以富才，研阅以穷照"，"积学"是艺术家的一个基本生存方式，从别人那里收集材料来丰富自己的见闻与思想，是文艺创作的一个重要途径。

材料绝不是作品，材料都是散的、零乱的，它不是一个有机统一的作品。作家必须把收集到的大量材料在自己的头脑里进行选择、加工、提炼与升华，通过想象、情感、理智、灵感、意识、无意识和自己的天才等使这些材料成为一个有着内在联系的有机整体，而不是各自独立毫无关系的一盘散沙。作家必须有一个明确的主题把这些材料统一起来，作家必须在主题之下来精心组织材料之间的相互关系，淘汰一些与主题无关的材料，这就是创作的构思。比如一个作家看到一个人走了，另一个人哭了，他就会想是不是因为他走了所以她哭了呢？把两个事件联系起来，建立关系，这就是构思。构思就是建立事物之间的关系。艺术的构思是对作品的全局观照，对于叙事性作品来说，最重要的是构思人物形象、人物之间的相互关系、故事情节、人物生活的场景等，而抒情性作品则主要是寻找表达情感的相应意象、表达的顺序等。比如戴望舒想要表达自己的一种迷惘、向往等难以一言以蔽之的情感，便构思用一个什么样的意象来表达这一复杂情感。一旦找到雨巷中的姑娘这样的意象，其构思则可谓大功告成。

艺术构思大致完成后，作家就要想着把自己构思好的东西表达出来，借助于一定的物质媒介和艺术技巧，把自己头脑中的观念化的意识固定下来、传达出来。这就是艺术传达阶段，它是艺术创作的最后一个环节。黑格尔曾经说："腹稿比起外现的作品，就像一幅简单的素描比起着色大师的彩绘一样，是很不完满的。"① 所以，艺术传达的阶段是很重要的。文艺批评家克罗齐曾经认为艺术即直觉，直觉即表现，认为人的直觉对外在材料的综合就是艺术，这个阶段以后的"物化"只不过是一种理性指导之下的技术，是一种操作性的程序而不是创造性的艺术。我们认为这种说法是片面的，

---

① 黑格尔：《美学》第 3 卷下，朱光潜译，商务印书馆 1981 年版，第 98 页。

因为艺术传达并不是把直觉"综合"后的意象直接照搬下来，艺术传达仍然是在构思与综合创造，它不是对构思的照搬照抄。仅有材料，或者仅有构思的"腹稿"而没有物态化的作品就还不是真正的艺术品，物化也是艺术性极高的一个环节。正如黑格尔所说："使一种内容成为诗的并不是单作为观念来看的观念，而是艺术的想象。这就是说，如果艺术的想象把观念掌握住，用语言，用文字及其在语言中的美妙的组合，来把这观念传达出去，而不是把它表现为建筑的、雕刻的或绘画的形象，也不是使它变成音乐的音调而发出声响。"[①] 观念、意象、情感等本身并不是艺术，只有借助于物质载体完美传达出这些观念与情感，才是艺术，所以艺术的物化阶段不仅仅是熟能生巧的程序性的技术，更是创造性的艺术。

二、从构思到物化

从艺术构思到艺术物化，这中间有几个问题是应该注意的。

第一，构思好了并不意味着作家一定会马上把这种构思表达出来，作家往往需要契机来引发自己的创作，如果没有

---

① 黑格尔:《美学》第 3 卷下，朱光潜译，商务印书馆 1981 年版，第 11 页。

合适的契机，这种构思往往会被搁置许久，等到有了这样的契机作者才会进行创作，实现最终的物化。比如列夫·托尔斯泰在 1870 年 2 月 23 日向他妻子讲述了《安娜·卡列尼娜》的最初构思和设想，但随后很长一段时间里，托尔斯泰再也没有提起过这件事了，直到 1873 年他才重新回到《安娜·卡列尼娜》的创作上来。托尔斯泰自己说当他读完普希金的一卷作品时，"不由自主，出人意外，我搞不清所为何来、意欲何往，竟陡然间想出了许多人物和情节，于是乎继续读下去。接着，自然而然，我改变了计划，一下子文思急转直下，欣欣然万象更新，一部小说便脱颖而出了"①。托尔斯泰苦苦等了三年也不能展开创作，却突然间在读完普希金的作品后有了灵感，很快就完成了《安娜·卡列尼娜》的创作，这种创作动机的触发在文学创作中是非常重要的。这种创作动机的触发，其形式是多样的，有时也具有一定的偶然性。比如斯托夫人早就看到美国蓄奴制给黑人乃至整个美国带来的灾难，也收集、准备了很多材料，但就是迟迟无法创作出作品来。《逃奴追缉法案》的颁布直接刺激了斯托夫人，所以在很短的时间内，她便创作出了以前一直毫无头绪的《汤姆叔叔的小屋》这部作品。《汤姆叔叔的小屋》及时

---

① 托尔斯泰：《列夫·托尔斯泰论创作》，戴启篁译，漓江出版社 1982 年版，第 164 页。

地反映了当时人们对奴隶制的态度，激起了人们对奴隶制的反抗，以至于林肯总统说这部小说引发了美国的南北战争。中国古代讲求无意为文，即不刻意作文章，不为文造情，而要情之自然风动，不得不发，这样的文章才是好文章。黄庭坚说杜子美诗之妙处，乃在于"无意于文"，也就是说勉强地为文而文写不出好文章。李贽也曾说世上真正能写文章的人最初其实都不是有意为文的，只是当"其胸中有如许无状可怪之事，其喉间有如许欲吐不敢吐之物，其口头又时时有许多欲语而莫可所以告语之处，蓄极积久，势不能遏。一旦见景生情，触目兴叹"，这时候就会"夺他人之酒杯，浇自己之垒块；诉心中之不平，感数奇于千载"，文章就会如喷薄之泉喷涌而出。① 可见，文章的创作是早有情感蓄积于心中，等到被外物触发，就自然感发为文了，《文心雕龙》所谓"志足而言文"就是这个意思。而且，当一个人有了某种强烈的情感时，往往不能"使情感成体"，即不能把这种情感、内容有条不紊地表达出来，常常要经过一段时间的沉淀，"痛定思痛"才能进行创作。比如巴金的妻子去世，巴金悲痛万分，情感澎湃，一直想写文章来悼念妻子，但就是写不出来，一直到六年以后，巴金才写出了感人至深的著名

---

① 童庆炳、马新国编：《文学理论学习参考资料新编》中，北京师范大学出版社2005年版，第1069—1070页。

散文《怀念萧珊》，这说明情思内容和内容的表达不是一回事，创作是一项热心冷眼的事业。

第二，艺术创作并不是把艺术构思的内容直接表达出来就完成任务了，有时创作的内容跟作者自己刚开始的构思并不一致，创作过程是对构思的升华与改变，是继续构思。并不是构思完成以后就没有构思了，其实构思贯穿在整个创作的过程中，材料积累阶段有构思，构思阶段有构思，创作阶段一样有构思。比如托尔斯泰刚开始构思时，想把安娜写成一个不道德的遭人谴责的女人，但他在写作的过程中，却完全改变了自己先前的构思，把安娜写成了一个值得同情的女人，整个作品的命意也因此改变了。像这样"暨乎篇成，半折心始"，甚至与"心始"背道而驰的现象在文艺创作中并不少见，在初稿中安娜与渥伦斯基，玛丝洛娃与聂赫留朵夫都曾结为夫妻，但托尔斯泰最终让安娜卧轨自杀，而玛丝洛娃最终也没有与聂赫留朵夫结婚，最初的构思与最终的艺术作品之间并没有必然联系。

第三，在创作的过程中，作家必须遵循作品中人物自身性格发展的内在逻辑，不能凭自己的主观意志，随意改变作品中人物的言行命运。作品中的人物一旦有了自己活动的环境，就有了自己命运发展的内在逻辑，作者不再能够随意改变人物的命运了。福楼拜在写到包法利夫人死了时，自己在楼上放声大哭，他的仆人得知原因后禁不住放声大笑，说：

"你再让包法利夫人活过来不就把问题解决了吗?"福楼拜说:"不,包法利夫人必须死。"这说明真正的艺术创作必须遵循作品的内在逻辑,不能随意左右作品人物或故事情节。有人说:"我是作品的父亲,我想让他生他就生,想让他死他就死。"显然,这是不符合艺术创作规律的。据说电视剧《渴望》中的女主人公刘慧芳按照剧情本来的发展,其结局应当是遭遇车祸变成了一个植物人,但是观众对于这样一个"好人"竟然有这样一个结局不能接受,所以打电话要导演改变结局,甚至威胁导演如果结局不改变就要导演也站不起来,最后导演让刘慧芳的伤情慢慢有了好转。这样的故事发展就是外在的因素而改变了故事自身的逻辑,这在文艺创作的实践中并不少见,只是面对的外在力量各不相同。这种修改原因是多方面的,很多作品第一版的故事和后来再版的故事已经不一样了,比如曹禺的《雷雨》、老舍的《骆驼祥子》等作品,有些再版的作品的结尾和最初版本的故事结尾并不一样,这种再改写也是文艺创作中的一种现象。

真正伟大的创作甚至可以牺牲、违背作家自己的主观情感和好恶而完全按照故事本身应有的逻辑与社会发展的规律来发展。比如巴尔扎克,他自己本来是一个保皇党人,拥护的是封建贵族阶级,但是他已经意识到那些"讨厌的没有什么文化教养的暴发户资产阶级分子"必将是历史发展长河中的新兴力量,必将代替封建贵族,所以巴尔扎克在作品中把他喜欢的那些封建贵族都描写得没有什么好的命运，进行了一番讽刺。比如《苏城舞会》中描写一个小姐一心要嫁给一个贵族，但她爱上了一个风度翩翩的公子，结果发现这个公子原来只是一个商人而并非真正的贵族，所以小姐与公子分了手。最后这个小姐只落得与她七十多岁的贵族舅公结婚的结局。巴尔扎克虽然喜欢贵族，但他在此却讽刺了这个一心想嫁给贵族的小姐，这是真正按照历史本来的逻辑来创作的，恩格斯称这是"现实主义的伟大胜利"。遵循作品世界自身的内在逻辑，这是我们尤其要注意的，不能用外在的干预生硬地打断作品世界本来应具有的逻辑，文艺作品的世界也是一个世界。

第四，注重语言技巧的运用与自然天成的辩证关系。俗话说山歌好唱口难开、山歌好唱起头难，这就是说，心中有所思，有所想，有所动，但要表达出来被别人接受，与别人沟通交流，却不是一件容易的事情，创作中文不逮意的时候也是常有的。所以，在创作过程中要特别注意语言的运用以准确表达自己的意思，不能轻视艺术的技巧。文章写好之后，要反复斟酌修改，争取达到最佳的效果。寻找到恰好能表达自己意思的佳句是一件不容易的事，贾岛、孟郊苦吟的故事我们再熟悉不过了，"两句三年得，一吟双泪流"，可见要吟成恰到好处的诗句是多么不容易。所以李贺经常在自己身上背一个锦囊，一旦有了佳句，就赶紧写下来放入锦囊中，免得后来再也找不到。中国古代"旧书不厌百回读""一字千金""一字之师""推敲""春风又绿江南岸"等典故都说明写文章要字斟句酌，反复推敲，以找到最能表达意思的语句，要注重言辞的锤炼。一个"弄"字，一个"闹"字就会使整首诗歌境界全出，改变整个作品的品位。"云山苍苍，江水泱泱，先生之德，山高水长"，而把"德"字改成"风"字，"先生之风，山高水长"，整个作品的意境便大为改变。一个字成了作品成败的关键，这在中国艺术中是经常遇到的。所谓"吟安一个字，捻断数茎须""吟成五字句，用破一生心"。这种语不惊人死不休的苦吟，正是人们注重更好表情达意的语言技巧的明证。

运用艺术的技巧并不是一件容易的事情。有时候是心之所至而手亦至焉，构思到什么就能表达出来什么；但有时候也会意不称物文不逮意，心所不至手亦不至，或者心虽至但手不能至。这对于艺术表达、物化的各种技巧有更高的要求，对于艺术家的艺术才能与艺术经验有更高的要求。但同时我们也要注意保持文章自然流畅的风格，不能把艰深晦涩的文字游戏作为推敲字句的借口，只要能够恰到好处地表达意思，就不必在文字上一味追求华丽。南宋诗人方回指出诗歌"熟而不新则腐烂，新而不熟则生涩"，如果只讲奇崛创新而不顾自然顺畅，那就佶屈聱牙，有损文章的价值，而如果按照现实生活照搬照抄，没有任何新鲜创造的陌生化，那样的作品给人的审美享受也极其有限，所以要"奇""正"结合。只有李贺之奇，则容易走入险境，这不是艺术的一般之道。李白的"蜀道之难，难于上青天"的语句已经够奇了，杜甫的"昔别君未婚，儿女忽成行"也已经够奇了，但他们的奇却又显得那么自然平易，奇正结合，终成他们的巨大成就。王安石曾经有诗言"看似寻常最奇崛，成如容易却艰辛"，创作中的"奇技"要恰到好处、不着痕迹。在炼字技巧经营之中，也要注意清新自然，元好问所谓"一语天然万古新，豪华落尽见真淳。南窗白日羲皇上，未害渊明是晋人"，文章得失寸心知，难以一言以蔽之。当年欧阳修写好了《昼锦堂记》，原稿开头说"仕宦至将相，富贵归故乡"。文章已经送出五百里，欧阳修又派人把它追回，把开头两句改成了"仕宦而至将相，富贵而归故乡"，加了两个虚词"而"，这样的修改比原作好在哪里或者是不是更好，是个见仁见智的问题，但是欧阳修的这个态度却说明了文章创作是一个复杂的、艰苦的工作。

不过，这种文字上的提炼与雕琢绝不应成为文字游戏的借口，创作应该以自然真切的表情达意为前提。比如有些作品纯粹是为了声音上的凑合，叠床架屋，并没有多大的意义，就不值得借鉴了。像这样的诗："老猫老猫，上树摘桃。一摘两筐，送给老张。老张不要，气得上吊。上吊不死，气得烧纸。烧纸不着，气得摔瓢。摔瓢不破，气得推磨。推磨不转，气得做饭。做饭不熟，气得宰牛。宰牛没血，气得打铁。打铁没风，气得撞钟。撞钟不响，气得老鼠乱嚷。"多少有些文字游戏的嫌疑，并不是我们在语言技巧上学习的对象。文字还是要以叙事、抒情、达意为第一要素，自然流畅与苦心经营是并行不悖的，它们并不是截然对立的。歌德写《少年维特的烦恼》只用了半个月时间，一气呵成，如风行水上。但同样是歌德，写《浮士德》时却前前后后花了大约六十年的时间来反复酝酿、构思和修改。里尔克创作他的名著《杜伊诺哀歌》的大部分内容只用了一天；而乔治·桑创作速度也极其惊人，有的作品只用了四天；巴尔扎克只用了短短的六个星期，就写出了六百多页的鸿篇巨制《高老头》；麦尔维尔创作长篇小说《白鲸》断断续续用了一年半的时间；而福楼拜创作《包法利夫人》用了整整五年时间；乔伊斯创作《芬尼根的守灵夜》前前后后历时十五年。这些著作都是经典，有的经年累月而成，有的一气呵成，挥毫而就，所以艺术技巧有反复雕琢也有自然天成，创作时间的长短不是一个固定的模式，只要恰到好处就都无可厚非，都是为人所需要的。

第五，文不逮意与作者原意。在创作中，人们常常感到语言文字并不能很好地表达尽自己的意思，即文不逮意，这种现象也是普遍存在的。刘勰在《文心雕龙》里说"方其搦翰，气倍辞前，暨乎篇成，半折心始"，刚开始写的时候，踌躇满志，觉得有很多美妙的思想要表达，等到真正写下来后，却感到连自己所想的一半都不如。自己想要表达的不能表达出来，自己不想表达的也许已经在字里行间表达出来了，创作的东西与自己的构思不一致的现象在文艺创作中是存在的，所以作者在这样的现象面前不必惊慌。这种不一致就是艺术留下的"空白"，就是艺术延展的空间，就是再创造的起点。这也告诉我们，艺术世界与我们的生活世界并不是一一对应的，艺术世界是染上艺术家主观色彩的世界，作品来源于生活，但又高于生活，外在世界已经是"第二自然"。因此，艺术家和现实世界、和自然的关系就是一种双重的关系，歌德曾经这样说艺术家："他既是自然的主宰，又是自然的奴隶。他是自然的奴隶，因为他必须用人世间的材料来进行工作，才能使人理解；同时他又是自然的主宰，因为他使这种人世间的材料服从他的较高的意旨，并且为这较高的意旨服务。"[①] 所以，文艺创作从生活中走来，但又高于生活；这种生活是艺术家理解的主观生活，也是现实的客观生活。

---

① 爱克曼辑录:《歌德谈话录》，朱光潜译，人民文学出版社 1978 年版，第 137 页。

第二节 ●
　　　●
文艺创作的特质 ●

　　文艺创作是一种复杂的创造性的劳动，它最突出的特质在于它是一种形象思维活动，是一种个性极强的情感性活动，也是一种创造性的想象活动，这也是文艺创作最重要的三个特质。

一、形象思维

　　思维，是指人类脱离感性的表象，对事物进行普遍性、一般性的认识，它常常是概念的、理性的和抽象逻辑的。它是人类认识的一种深化，是从现象到本质、从感性到理性、从个别到一般的认识。思维最后达到的终点都是超越了感性形象的，拒绝情感的公式、概念与知识规律，而形象本身就是感性的、个别的、具体的，形象与思维看上去就是矛盾的，不能总是在一起的，思维就是要从形象走向抽象，但我们却说有"形象思维"存在，这是有些人不同意的，所以他们主张用"艺术想象"来代替形象思维这个概念。形象思维确实离不开想象，但这两个概念还是有差别的。艺术想象始终是个别的、形象的、具体的，但形象思维强调的、暗示的却是在形象中就有思维内容的普遍性、必然性，这个概念暗示我们艺术的这种思维方式是个别的、感性的、独特的，但这个个别感性里本身就有概括性、普遍性、本质性的东西，它并不只是纯粹个别的，它是本质性活动和个别性活动同时进行的一种特殊的人类思维活动。所以我们说形象思维这个概念还是有价值的，它表明了文学思维方式的特殊性。李泽厚说："并没有一种与逻辑思维相平行或对立的形象思维，……但已约定俗成为大家所惯用了的这个名词（指形象思维），所以仍然可以保留和采用……"[①] 况且，这个概念本身就昭示了文学思维方式的复杂性与特殊性，是值得采用的。

别林斯基曾经说："艺术是对于真理的直感的观察，或者说是用形象来思维。在这一艺术定义的阐述中包含着全部艺术理论：艺术的本质，它的分类，以及每一类的条件和本质。"[②] 后来，他又更加具体地指出："哲学家用三段论法，诗人则用形象和图画说话，然而他们说的都是同一件事。……诗人被生动而鲜明的现实描绘武装着，诉诸读者的想象，在真实的画面里面显示社会中某一阶级的状况，由于

---

① 李泽厚：《美学旧作集》，天津社会科学院出版社 2002 年版，第 177 页。
② 别林斯基：《别林斯基文学论文选》，满涛、辛未艾译，上海译文出版社 2000 年版，第 390 页。

某一种原因，业已大为改善，或大为恶化。"①别林斯基认为诗歌不是什么别的东西，而是寓于形象的思维，是用形象和画面来认识世界，来获得真理。换句话说，艺术是获取真理的一种独特的方式、手段或者工具，它也是人类掌握世界的一种方式。虽然在这之前也有很多的思想家论述艺术的思维方式问题，但大多的提法是"想象"，别林斯基最先明确提出艺术是"形象思维"，把"形象"和"思维"这一本来矛盾的概念放在一起。形象思维这一概念表现了文学本身内在的张力，表明了文艺思维方式的矛盾统一，具有一定的合理性与阐释有效性。由于中国对俄国民主主义理论家的思想的推崇，艺术是形象思维的观点在中国广泛传播，影响深远。

　　的确，在艺术家创作出来的作品里有某种对世界的"认识"与"思想"或者"道理"，但作家绝不是直接用概念来表述自己的思想，绝不是用公式来传播这些知识。别林斯基说："显现于诗人心中的是形象，不是概念，他在形象背后看不见那概念，而当作品完成时，比起作者自己来，更容易被思想家看见。所以诗人从来不立意发展某种概念，从来不给自己设定课题：他的形象，不由他作主地发生在他的想象之中。"②所以，诗人、作家、艺术家在创作时往往并不一

---

① 胡经之主编：《西方文艺理论名著教程》上册，北京大学出版社 1986 年版，第467 页。
② 别林斯基：《别林斯基选集》第 1 卷，满涛译，时代出版社 1952 年版，第318 页。

定有什么明确的概念、思想或者主题，或者还没有明确自己
究竟要表达什么，打算告诉人们什么。在艺术家头脑中存在
的只是大量的形象画面和场景。曹禺说自己写《雷雨》的时
候就没有清晰的主题，他指出有些人说《雷雨》是暴露大家
庭的罪恶的，曹禺认为自己也许有这样的想法，但是自己写
作的时候并没有明显地意识到自己是要匡正、讽刺或攻击什
么。也许写到最后，隐隐仿佛有一种汹涌的情感在推动自
己，自己好像是在发泄着被压抑的愤懑，在讽刺着中国的家
庭和社会；但是在初次有《雷雨》这样一个故事的模糊的影
像的时候，引起自己的兴趣的只是一两段情节、几个人物、
一种复杂而又不可言喻的情绪。曹禺的亲身体会无疑告诉
我们，作家的创作不是清晰的逻辑思维之下的主题先行，作
家本人常常也没有明确的概念和思想，有的主要是影像。常
常是直寻，常常是迷狂，常常是无意识，常常只是清晰的混
沌，是形象思维，是一个大致的方向与主题。

当作家遵从自己这种朴素的、本能的、不自觉的思维方
式的时候，他就能创作出很好的作品；而当他开始条分缕析
地思考、推理的时候，却往往匠气十足，难以创作出优秀的
作品。这就是人们常说的形象大于思想。鲁迅在《故乡》中
描写"我"再次遇到闰土时，询问闰土近来的情况怎样，闰
土却沉默了一会儿。沉默了之后，我们以为闰土就要开始大
说生活如何辛苦了，可是闰土却拿起烟袋抽起烟来，再也不

说什么了。这个"识尽愁滋味"的人却不再说愁了，闰土的形象本身就很好地阐释了他生活得怎么样，不需要再总结了。文艺创作就是这样，说到紧要关头常常不说了，却只是拿出一个形象来，让大家自己在形象中回味思索。"君问归期未有期，巴山夜雨涨秋池。何当共剪西窗烛，却话巴山夜雨时。"当你问"何当共剪西窗烛"的时候，他却并不回答，只是说起巴山夜雨的情景；当你问他爱你有多深的时候，他却只是指着月亮说"月亮代表我的心"；当他想要表达欢快的心情的时候，说出来的却只是"轻舟已过万重山"；当他想要表达悲伤的时候，"竟无语凝噎"；当他想要表达自己的愁绪的时候，却只是问"庭院深深深几许"。文学的思维方式就是这样，让人在那形象中回味悠长，而不是把一切赤裸裸地端到人们面前，如果他说明天就回去，说他爱你很深，说他高兴得手舞足蹈，等等，这里的艺术味道就大打折扣了。中国古语说为"人要老实，为文要狡猾"，艺术作品就是这样，从不轻易把一切都清楚明白地告诉人，总是要"狡猾"地绕三回弯子，让人自己去体会，自己去寻找。

中国古代，人们对于怎样表达自己的意思很早就有比较精深的论述，深谙艺术表情达意之道。在庄子的世界里，他认为"言者所以在意"，因此要得意，要忘言，超越语言形式本身的束缚，寻找语言背后的精妙之意，得到意思了就不必对语言纠缠不放，这才是人们应该做的。而《周易》里也明确提出"书不尽言，言不尽意"，要求人们立象以尽意，通过"远取诸物，近取诸身"，"仰则观象于天，俯则观法于地"，通过"象"来表达意思而不是直接用语言来表达自己的意思，这形成了中国表情达意方面的"象"思维。三国时期的王弼则提出"意以象尽，象以言著"，明确了用言来立象，用象来表意这样的"言—象—意"的关系链条。刘勰《文心雕龙》也说"神用象通"，即用"象"来通达神妙之意。唐朝时期的殷璠在其《河岳英灵集》中盛赞"多兴象"的作品。用"象"来思维、营构作品，成了中国古代文学创作理论和实践的一个主要内容，意象论是中国古代艺术重要的理论。

唐朝开始，"意境"这一概念由王昌龄明确提出，司空图追寻"超以象外，得其环中"的境界，刘禹锡提出"境生象外"，这时候艺术追求的一个重要目标已经提出来了，那就是"境"，"象"外之境。境与象的不同在于境往往是多个象组成的共同情境。南宋诗论家严羽强调"别材""别趣"，认为诗歌艺术不是把书本材料、事实按照客观道理堆砌在那里就可以了，它是一种特别的材和理，是一种特别的处理，是一种钟嵘所说的"直寻"，是不涉理路、不落言筌的形象思维，对于这种特殊的思维不多读书、不多穷理是不能达到极致的，这就是诗歌的"别材"与"别趣"，实际上也是在讲一种独特的艺术思维。明代诗人谢榛在其《四溟诗话》中指出作诗的妙处在于含糊，逼真反失奇观了。清代的叶燮在《原诗》中也说"诗之至处，妙在含蓄无垠，思致微妙，其寄托在可言可不言之间，其指归在可解不可解之会"。这些实际上都表明诗歌艺术是一种包孕在形象中的非理性逻辑的客观知识，常常并不是非常清晰的，只是一种整体的朦胧的感受，这也就是叶燮所说的诗歌中也有理、事与情，但它是"幽渺以为理，想象以为事，惝恍以为情"，艺术就是在似与不似之间。将艺术中的理、事、情与现实世界一一对应，那就扭曲艺术的真谛了。这也是陶渊明"好读书，不求甚解"的真谛之所在，因为"此中有真意，欲辨已忘言"。在艺术中直接抄录哲学、科学的知识，以议论为诗，以才学为诗，会受到人们的批评。南宋张戒在《岁寒堂诗话》中就指出诗歌"坏于苏黄"，因为苏轼以议论作诗，黄庭坚又专以补缀奇字为能，炫耀学识，讲什么"无一字无来历"，这样掉书袋会让诗意消失殆尽。所以，学识并非诗歌也，诗歌中的许多"理"常常是不能明确说出的，或者难以明确说出的。

艺术创作的思维方式是一种特殊的形象思维，它以艺术家对社会生活的感性经验为基础，遵循人类认识活动的一般规律，通过形象的生成、运动、组合和创造反映社会生活，表达审美情感和审美理想。在形象思维的过程中，它始终呈现着生动具体的形象活动，这与抽象思维借助概念、判断、公式等理性方式来认识事物是不一样的。歌德曾经指出："席勒对哲学的倾向损害了他的诗，因为这种倾向使他把理念看得高于一切自然，甚至消灭了自然。凡是他能想到的，他就认为一定能实现，不管它是符合自然，还是违反自然。"① 歌德指出席勒的观念影响了席勒的创作，实际上主要就是因为席勒把文学作品当作了他自己哲学思想的传声筒，太"席勒式"、概念化而不是通过形象思维，用形象、事件自身来说话。所以歌德指出，从个别到一般还是从一般到个别，这是艺术与非艺术的根本区别，艺术只能是从个别到一般。正是从这个意义上来说，总是强调感性符合理念的黑格尔其实比康德离艺术更远。因为康德论证的是个别的怎样归于一般，是从个别出发；而黑格尔想的是一般的怎样在个别上表现出来，是从一般出发。所以实际上康德比黑格尔更艺术。

真正的艺术善于截取形象，营造意象，以此传达情思，这样的艺术手法可能只有只言片语，但却胜过千言万语。卞之琳的《断章》是一个很好的例证："你站在桥上看风景，看风景人在楼上看你。明月装饰了你的窗子，你装饰了别人的梦。"这样的一个剪影、一个形象的"断章"，其中包含了无限的哲理，无限的寄托，这种"象"里的意味也是难以穷尽的，这种形象大于思维的思维方式是文艺无穷魅力的源泉，是诗人聪明之所在，与其费尽唇舌、大费周章、滔滔不

---

① 爱克曼辑录：《歌德谈话录》，朱光潜译，人民文学出版社 1978 年版，第 13 页。

绝地灌输自己的情理，不如让读者自己去体会。艺术就是不能和盘托出，就是要留有余地。而且在形象思维的活动过程中，想象具有十分突出的位置，形象思维要作家自己通过想象构思出情节、场景、人物等。没有想象就没有文艺，因为文艺不是对一个现成的东西的模仿，它的一切都是作者在一定的现实基础上虚构而成的，比如《西游记》里的所有人物的言行思想都不是现成的，这一切都依靠作者的虚构与想象。屠格涅夫曾经说："在我写作事业的整个过程中——从来不是从观念，而永远是从形象出发……，而且由于形象日益显得缺乏，我的诗神再也没有什么可以依照来写自己的画面的了。于是我把画笔束之高阁，而来看看，别人将怎样从事创作。"[1] 我们可以看到，屠格涅夫认为有形象则可以创作，而如果没有什么形象则只好停止创作了。创作，就是形象的表达，就是形象的显现，就是形象的创造。

二、情感活动

文艺创作是饱含着情感的创作，艺术家对世界的观察是一种"情观"，是"以我观物"，是"移情"。人人都有情，而艺术家则多情。这个"多情"是因为艺术家对自己虚构出

---

[1]　吴中杰：《文艺学导论》，复旦大学出版社 2002 年版，第 83 页。

来的世界满怀深情，与自己虚构的世界同生共死。陀思妥耶夫斯基说他同自己想象的、虚构出来的人物共同生活着，他们好像是自己的亲人，是实际活着的人，自己与他们同欢乐，共悲愁，有时甚至为作品中单纯的主人公洒下最真诚的眼泪。艺术家对自己创造的世界的多情甚至像皮格马利翁爱上了自己雕塑的作品那样，要与自己的作品结婚，这既是艺术家的疯狂，也是艺术家的多情，个中甘苦有时难以为外人道也。艺术的多情是因为在艺术家那里多了一个世界，同时还因为艺术家在现实世界里经常发现那些对一般人没有价值的事物的价值，从而对它们满怀深情。情感是一个人行为处事的力量源泉之一，对于艺术家来说情感更是整个创作的发动机。

诗人元好问在词中道："问世间、情是何物，直教生死相许?"情，在诗中、在审美的世界中是最神秘、最丰富的一种存在。千百年来，多少生生死死、可歌可泣、感天动地、催人泪下的故事，都只是一个"情"字。"世间只有情难诉"，怎一个"情"字了得，艺术的奥秘在于情感。一部艺术史，也是一部情史。心理学家对于情感也有多种定义，如：人对事物的肯定、否定的态度就是情感；怀着某种需要的主体与对他有意义的客体的关系在他头脑中的反映就是情感；人对客观事物是否符合自己需要的态度的体验就是情感；大脑在外物刺激下的生理唤醒状态就是情感；人对自我的感受就是情感；等等。这些解释更多的是生理性的、感官性的。在日常生活中，人们有着各种情感，喜、怒、哀、乐、爱、恶、惧等，自己的要求得到满足就高兴，感到害怕就恐惧，想要得到就渴望，保留不住就惋惜，讨厌就憎恶，希冀就热爱……人无时无刻不在情感的海洋中沉浮。人的生活不是没有情感的生活，人的生活离不开情感。

人的生活不能没有情感，审美活动更是离不开情感。情感是人进行审美活动、观照外物的动力，是审美活动的发动机。只有审美主体饱含着情感，在情感的驱动下，他才能自觉调动自己的各种感官和心理机能协调有力地工作，融入客体中去，按照自己的情感方式看待对象，使对象成为一个在自己的情感逻辑下建构起来的完整的意象世界。马致远的《天净沙·秋思》说："枯藤老树昏鸦，小桥流水人家，古道西风瘦马，夕阳西下，断肠人在天涯。"作者之所以把这些看上去无关的物象组合成了一个审美的意象世界，把它们放在同一个平面上，完全是因为作者当时在自己主观情感的驱使下来观照各个物象。他为什么不选择青藤、小树、晨鸦、大桥、暴雨、市场呢？这完全是作者自己的情感使然。不过审美情感与我们一般的日常情感是不一样的。我们喜怒哀乐的情感通常都是由现实关系中直接的利害得失引起的，比如他人盗窃了自己的钱财，自己非常愤怒、难过等，这种情感直接关系到自己的得失。而审美情感并不是由直接的利害得失引起的，它通常是由事物的整体形象引起的，是一种非功利的情感态度。比如人们看到林黛玉的爱情悲剧忍不住掉下泪来，那么这种感动的情感完全是一种非功利的审美情感。林黛玉的一切与我们并没有直接的现实的利害冲突，林黛玉完全是一个虚构的存在，但欣赏者把自己的情感移注到对象身上，使自己体验到与林黛玉同样的情感，似乎自己就是林黛玉本人，这种情感的虚拟体验性是审美情感的特点。

审美的这种情感往往与自己没有直接的利害关系，它是一种纯粹的非功利的情感投入，艺术家的多愁善感大都如此。我们看陆游的诗："城上斜阳画角哀，沈园非复旧池台。伤心桥下春波绿，曾是惊鸿照影来。"诗人以我观物，"物以情观"，使得一切都因此具有了无限的生机与魅力，那些平平常常的蒙上了灰尘的司空见惯的事物也因为情感而具有了感人至深的魅力。一样的春波，却使人倍加伤感，因为"曾是惊鸿照影来"。"泪眼问花花不语，乱红飞过秋千去"，在一往情深的诗人眼里，落下的花瓣是那样惹人爱怜；"落红不是无情物，化作春泥更护花"，只要人有情，花便有万种风情。对象的风情万种，就是人的风情万种的写照。在一个感情枯瘠贫乏的人的眼里，世界没有那样多姿多彩，那样妩媚动人。"我见青山多妩媚，料青山见我应如是"，只有在主体的情感和对象的融合中，山水树石才灵性十足，美不胜收。没有情感，世界将是乏味的，枯燥的。艺术就是一种有我之境。王国维所说的"无我之境"，如"采菊东篱下，悠然见南山"，何尝不是一种"有我之境"呢？你可以"悠然见南山"，我也可以"愤然见南山"，也可以"怒然见南山"，等等。这个"悠然"已经是一种"有我"了，绝对的"无我"在艺术中是不存在的。外在世界在诗人的"情眼"中已经失去了自己本来的客观面貌，变成情感逻辑之下的世界了。同样是老虎，既可以说"苛政猛于虎"，用老虎来表现苛政的残暴、对百姓的迫害，也可以说"秦王扫六合，虎视何雄哉"，用老虎来表现威严雄壮的气势，充满了赞叹之情。同样是梅花，可以是"零落成泥碾作尘，只有香如故"的孤高俊杰，也可以是"待到山花烂漫时，她在丛中笑"的昂扬向上。老鼠过街，人人喊打，《诗经》里用"硕鼠"表现对老鼠的憎恶，但电影《精灵鼠小弟》里的老鼠却可爱有加，齐白石还画了偷吃灯油的小老鼠，并题秦观词"梦破鼠窥灯，霜送晓寒侵被"，老鼠成了可爱的点缀。同样的春草，可以说"离恨恰如春草，更行更远还生"，表现离情别绪；也可以说"天涯何处无芳草"，表现自己的决绝之情；还可以说"野火烧不尽，春风吹又生"，表现旺盛的生命力。同一种事物具有不同的形态，这主要是艺术创作中的情感因素在起作用，艺术的密钥是情感。

艺术情感的产生是非常复杂的，它既有审美客体固有的形式、结构方面的原因，也有人的主观情感、意识、无意识等方面的原因，艺术情感的产生是一个多方面条件综合作用的结果。特定审美对象、环境的刺激和这个对象的形式所具有的"召唤结构"是审美情感发生、发展的客观原因。特别是特定审美环境、审美情境的营造对于审美情感的发生具有极其重要的作用，通过环境的烘托、陪衬、铺垫、渲染，审美者身临其境、感同身受，融入整个情境中。这时审美者往往很容易产生共鸣，情不自禁地产生强烈的审美情感，甚至眼泪夺眶而出。所以审美对象、审美环境是相应审美情感产生的基础。当然，一定审美情感的产生也与主体一定的生理机制分不开。主体只有具有一个健康的人的正常的生理机制，在外界刺激下才会产生情感，或者才会主动把自己的情感"投射""移情"到审美对象上，从而产生审美活动。同时，主体自身审美需要的强度、审美能力的大小、审美动机的有无、审美预期的高低、审美经验的多少、意志力的强弱、伦理道德、文化修养等都是审美情感产生的内在依据。而且审美情感的发生是客观制约性和主观能动性的矛盾统一，是受动性和主动性的矛盾统一。一般来说，审美情感是人受审美对象的刺激、感染、召唤有感而发的，但也常有"莫名的惆怅""无名火"从胸中生起，"突然悲从中来"等情感样式，实际上就是人情感的主动施予。

审美情感不仅是主动、受动的统一，而且是理智唤起的情感和直觉感观唤起的情感之间的矛盾统一。蔡仪曾经说：

"不知道这事物的可爱，就不可能真挚地爱它；不知道这事物的可憎，就不可能真挚地憎它。若是不知道这事物的可爱或可憎而有爱憎的感情，这感情是虚伪的，空泛的，不是真挚的。"① 这样看来，情感也因为认识的深浅而加深或减弱，情感的基础也是认识，简·奥斯丁的名著《理智与情感》就告诉我们，有时候我们所谓的情感其实是一种理智的判断，理智会促发、巩固情感。强烈的道德感的满足、知识获得的快乐等社会历史文化的审美快乐是人的理智引起的，这种快乐和视觉、听觉等感官的直接享受在审美中是统一的，所以审美中情感是和道德、智慧融合的，是一种复杂的情感。审美的情感虽然是超越性的，但同样是复杂的，像《祝福》里写到祥林嫂悲惨的结局时，却描写漫天的飞雪，"瑞雪兆丰年"，大家都很高兴，因为马上就要过年了。以这样的乐景来写悲哀，倍增其哀，同样，以哀景写乐，也会倍增其乐。审美的情感也是"才下眉头，却上心头"，千头万绪十分复杂。同时描写那幻想着的"卖火柴的小女孩"与在一墙之隔的温暖的屋子里欢声笑语的人们，会怎样刺痛人们的感情？当杨白劳被黄世仁逼迫卖女儿的时候，喜儿哭道："莫非爹爹不疼儿？莫非嫌我不孝顺？"② 这样的感情怎能不让人扼腕。

---

① 蔡仪：《蔡仪文集》第 2 卷，中国文联出版社 2002 年版，第 212 页。
② 延安鲁迅文艺学院集体创作：《白毛女》，人民文学出版社 1954 年版，第 31 页。

它既是日常生活的情感，又是日常生活情感的提炼。审美的情感就是那样一个来自生活的情感，又是生活情感浓缩升华的复杂的世界、丰富的世界。总的来看，审美情感常常有这样的特点：第一，审美情感是艺术的原动力，它是一种非功利性的情感。人们日常生活中常常因为某个特定的功利目的得到了满足或者没有得到满足而产生喜怒哀乐等情感，而审美情感的产生往往并不是因为直接的利害冲突和得失关系。第二，审美情感不单单是一种生理的反应，它更是人的一种复杂的精神活动所产生的生理和心理的综合反应，它主要是由形象情境引起进而深入发展的。

三、想象活动

文学创作中另一个重要的成分就是想象。培根曾经说历史涉及记忆，诗歌涉及想象，哲学涉及理智，以此把文学艺术、诗歌归入想象的领域。黑格尔曾说："本来诗所特有的材料就是想象本身，而想象是一切艺术类型和艺术部门的共同基础。"[1] 想象是在已有的知觉和表象及其相互联系的基础上，对这些知觉和表象予以重新筛选、组合和安排，重新整合、综合、延伸，把散落的、不相关的零碎的材料和印象集

---

[1]　黑格尔：《美学》第 3 卷下，朱光潜译，商务印书馆 1981 年版，第 13 页。

合在一起，不仅创造出新的知觉和表象，而且赋予它们新的形式和意义。想象是人在头脑中对原有的记忆表象进行加工提炼、综合改造，形成新的形象的精神活动过程。艺术想象具有极大的自由性，主要按照情感逻辑而不是按照理性抽象逻辑来想象。对于艺术中的想象，中外很多理论家很早就注意到这个问题了，亚里士多德认为诗人模仿的是过去有的、传说有的和将来可能有的，对于那些不在眼前的东西，就全靠诗人的想象了。古罗马的斐罗斯屈拉特曾经说："是想象塑造了这些作品。它是一位比模仿更为巧妙的艺术家。模仿仅能塑造它所看到过的东西，而想象还能塑造它所没有看到过的东西。"[①] 想象在神启、模仿之后，成为人们认识文艺的一种主要理论。陆机在《文赋》里描述审美创造的想象特征时说的"精务八极，心游万仞""观古今于须臾，抚四海于一瞬""笼天地于形内，挫万物于笔端"等都说明了这种想象的自由性；顾恺之提出的"迁想妙得"，说的也是想象的自由神奇；刘勰在《文心雕龙》里把这种审美的想象叫作"神思"，并说"文之思也，其神远矣。故寂然凝虑，思接千载；悄焉动容，视通万里"，以此来表现想象的自由性。

　　想象的自由是审美创造无限性的来源，特别对于一些间接性艺术品的审美欣赏，就更需要审美主体自己展开联

---

① 吴琼：《西方美学史》，上海人民出版社 2000 年版，第 125 页。

想，在自己的头脑中建构起一个生动丰满的形象世界，在那虚构出来的画面中得到美的享受。比如一句古诗"浓绿万枝红一点，动人春色不须多"，我们如果仅欣赏这几个文字而不展开想象，不去构想一个形象的世界，那就很难获得美的陶冶。面对这句诗，有的人构想出一幅画面来：在垂柳的万绿丛中，有一个翠楼，翠楼上有一个依稀可见的女子，只有女子的嘴唇可以清晰地看见是鲜红的。想象出这样一幅画面来，那这两句诗描绘的意境就极其令人神往，给人极大的美感，而不再是一个枯燥抽象的世界了。"深山藏古寺"，这只是几个抽象的文字，如果我们想象无边的石梯下面有一条河，而一个和尚正在河边挑水，这样的画面就会让人想起藏着的"古寺"，便立即会有无尽的美感。对于文学、音乐等这类间接性艺术的审美，想象就显得格外重要，它依靠的正是我们想象出来的形象的世界。只有依靠主体的想象，才可能恢复一个生机盎然的美的世界。有了想象，各个单个的事物才会有机融合在一起，把众多的美的意象连贯成一个"灌注生气"的精妙绝伦的丰富的世界。波德莱尔把想象称为人的一切能力中的皇后，是人的创造才能中最重要的一种能力。在文学艺术中，人更要靠想象去创造或者去再创造一个世界，把那无形的世界在自己的眼前展现出来，变成一个有形的世界。想象力在这个过程中显得尤为重要，它是审美和艺术的生命，时时处处都要靠想象。

　　莱辛在《拉奥孔》中强调艺术表现要选择最高潮时刻之前的那一个时刻，因为这个时刻最具有"包孕性"，最能引人遐想，最具艺术性。而如果直接把最顶点的时刻全部表现出来，则到了止境。没有了想象的余地，艺术就显得枯燥无味了，这就是所谓"露"不如"藏"的道理。比如要画"美狄亚杀子"的故事，不能直接画美狄亚拿着明晃晃的刀子向自己的孩子刺去，最好是描绘她在这一时刻之前作为母亲的温柔一刻，这样更能引人联想，作品也才更具有艺术性。艺术是想象那美丽动人的场景，而不是直接把一切都呈现出来，留下想象的空间是艺术成败的关键。古今中外作品中描写美人的篇章，几乎很少直接描述美人的面貌。"北方有佳人，一顾倾人城，再顾倾人国。宁不知倾城与倾国，佳人难再得。"但这个佳人究竟是什么样子，却没有具体的描绘，只能自己去想。《陌上桑》中大家都争相去看美丽的罗敷，"来归相怨怒，但坐观罗敷"，但罗敷究竟长得怎么样，还得靠读者自己去想象。海伦是世界上最美的女人，但荷马却没有描绘她的外貌，只写她来到特洛伊城后元老们的反应，那些怨恨帕里斯王子带回海伦的元老们在看到海伦后竟然说为了这样一个女人进行十年战争也是值得的，这就足以让人想象海伦是多么美丽。所以真正成功的作品会留给大家足够的想象空间，给人想象的空间越大，艺术就越吸引人。狄德罗曾经说："想象，这是一种物质，没有它，人既不能成为诗人，也不能成为哲学家、有思想的人、一个有理性的生物、一个真正的人。"① 莎士比亚在《仲夏夜之梦》中把诗人和情人、疯子放在相同的位置上，认为他们共同的特点就是都富于想象："疯子眼中所见的鬼，多过于广大的地狱所能容纳的；情人，同样是那么狂妄地能从埃及的黑脸上看见海伦的美貌；诗人的眼睛在神奇的狂放的一转中，便能从天上看到地上，从地上看到天上。"② 要做到这样从天上到地上，从地上到天上，只有通过想象。

艺术的想象能把审美活动中个别的、有限的形象、意象转化成无限多个的、丰富的形象、意象世界，从而形成一个美的世界。也只有通过想象，才能把无形的、看不见的、抽象的东西变成有形的、具有鲜活形象的审美图景。想象把抽象的变成形象的，把无形的变成有形的，把少数单个的物象变成多个丰富的景象，它使作品成为一个生动丰富的世界，它是艺术创造的生命。没有它，艺术世界就是单薄的、平淡无味的、灰色的。当年，齐白石先生接受老舍之托，为其画一幅中堂，画的内容是查慎行的一句诗"蛙声十里出山泉"，九十一岁的齐白石先生连续两个晚上睡不着觉，一直在苦苦思考究竟应该怎样画这幅画。第三天早上他一下子豁

---

① 段宝林编：《西方古典作家谈文艺创作》，春风文艺出版社 1980 年版，第 106 页。
② 莎士比亚：《仲夏夜之梦》，朱生豪译，译林出版社 2018 年版，第 64 页。

然开朗，想到可以在山水之间画上游动的蝌蚪，这使他兴奋不已，很快就把这幅画画好了。想象成了齐白石先生这幅画成功的关键，只要想象好了意象，艺术基本上就完成了。对于观者来说，也要靠想象：有蝌蚪，远处一定就有青蛙，从蝌蚪的游动中想象"蛙声"从十里之外传来，这就把无形的"蛙声"变成了有形的"蝌蚪"。"谁言寸草心，报得三春晖"，这就把无形的伟大的母爱变成了有形的"三春晖"；"海上生明月，天涯共此时"，这就把无形的"思乡"变成了有形的"海上明月"……艺术都是如此，把我们看不见的情与思变成看得见的形与象。通过想象这些形象、恢复这些形象、再现这些形象，我们获得了艺术的美感。没有想象，无论是审美创造还是审美欣赏，都不可能完成，想象是审美活动的枢纽，整个审美活动都靠想象来发动。诗人李贺写明月的诗歌，通篇没有一个"月"字："老兔寒蟾泣天色，云楼半开壁斜白。玉轮轧露湿团光，鸾珮相逢桂香陌。"诗人把关于月的神话传说中的意象，比如玉兔、蟾蜍、月宫、玉轮、嫦娥、金桂等联系在一起，通过想象，一幅神奇的充满了瑰丽色彩的"月景图"便浮现在读者面前。这整个美丽的"月景"全靠审美者自己的想象来浮现和重组。

人的想象主要有再造性想象、创造性想象。再造性想象是在现有的材料上通过联想、组接、粘贴、聚合等手段而虚构形象，比如：把猪的某些特点和人的某些特点糅合粘贴在一起，便想象出了猪八戒的形象；把猴子的某些特点和神仙的一些特点糅合在一起，便有了孙悟空的形象。而创造性想象没有直接现实的原型基础可以模仿，是在众多因素下发挥主体的创造性才能而综合虚构出形象，比如"浓绿万枝红一点"的艺术画面，万千柳丝的绿色，翠楼上的女子以及女子嘴唇的红色，便是审美主体自己创造性的想象，这种想象完全是因人而异的。有的人想的是绿色草坪上的红花，有的人想的是碧绿池塘上的一片枫叶，而有的人想象的是绿树环抱之中的佛院红墙。再造性想象的创造性与主体性是非常强烈的，这是文艺创造力的来源。当然，任何想象都是一定历史时代、一定社会现实的曲折反映，它不可能与当时的时代思想状况没有任何关系，也不可能与他人毫无关系，比如凡尔纳的科幻作品中那些上天入海的情节，现在根本不能称之为想象了，因为这些已经是人类生活的现实了。当时凡尔纳的想象被认为是很大胆的奇特的虚构，而现在的人都知道这些事了，想的已远不是登上月球，而是去火星居住或者寻找外星生命这些更神奇的事了，这是时代思想的高度本身决定的。赫尔墨斯的传信在现代无线通信面前已经黯然失色了，赫菲斯托斯的冶炼之术在现代钢铁企业面前也没有优势了，诸神的事业在现代科技面前都丧失了垄断权与神秘性。想象只不过是现实生活基础上的超前设计而已，只不过是脚踏大地之上的企望而已，谁也不能拉着自己的头发离开地球，完全超出时代的想象是不可能的。正如鲁迅先生所说，即使描神画鬼也不能凭空造出，"他们写出来的，也不过是三只眼、长颈子，就是在常见的人体上增加了眼睛一只，增长了颈子二三尺而已"，双耳傍肩三孔鼻的形象便已经是非常骇人听闻的想象了。

审美想象的方式最常见的是接近联想、相似联想和对比联想三种。接近联想是指两件物象之间在时间和空间上相当接近，它们之间有着紧密的联系，人们习惯上将两者联系起来，从而一感受到甲就想到乙，人们说的"爱屋及乌""睹物思人"等都属于接近联想。如说起"故垒西边，人道是，三国周郎赤壁"，便想到"遥想公瑾当年，小乔初嫁了，雄姿英发，羽扇纶巾，谈笑间，樯橹灰飞烟灭"，因为赤壁之战，周瑜与赤壁紧密联系在一起，所以说起赤壁就会想起周瑜，说起周瑜也会想起赤壁。几乎所有的怀古诗、咏叹古迹的诗都是接近联想。"丞相祠堂何处寻，锦官城外柏森森"，到了武侯祠，谁都会把诸葛亮的一生业绩想象一番，这是接近联想。人们到了庐山就会吟唱"飞流直下三千尺"的诗句，而到了西湖就会情不自禁地念起"欲把西湖比西子"的诗句，因为这些诗句就是歌咏这些地方的，它们之间关系密切。受过手术痛苦的人见到医生就会隐隐产生痛感，被告知黑夜有鬼的孩子到了黑夜就会害怕，这就是一种心理上的接近联想。

相似联想是因联想对象与现实对象有相类似的一面而产生的联想，如秦观《浣溪沙》中的"自在飞花轻似梦，无边丝雨细如愁"，就是依据在"轻""细"上的相似性使花和梦、雨和愁联系到一起的。"燕山雪花大如席"，雪花和席子这两个不相干的事物连在了一起，这是因为两者在"大"这一点上有相似性。"大弦嘈嘈如急雨，小弦切切如私语，嘈嘈切切错杂弹，大珠小珠落玉盘""忽如一夜春风来，千树万树梨花开""日出江花红胜火，春来江水绿如蓝"等，这些"如""似"等就明确指明了想象的相似性。

对比联想是由某一事物触发的对于有另一种性质的，状貌相反、相对的事物的联想，如"新松恨不高千尺，恶竹应须斩万竿""昔我往矣，杨柳依依。今我来思，雨雪霏霏"等都是一种对比联想。欧阳修的《生查子》说："去年元夜时，花市灯如昼。月上柳梢头，人约黄昏后。今年元夜时，月与灯依旧。不见去年人，泪湿春衫袖。"这种以乐景写哀，以哀景写乐的反衬法，往往倍增其哀乐，达到事半功倍的效果，被文学家频频使用，是一种典型的对比联想。像崔护的"去年今日此门中，人面桃花相映红。人面不知何处去，桃花依旧笑春风"，苏轼的"去年相送，余杭门外，飞雪似杨花。今年春尽，杨花似雪，犹不见还家"等诗词，早已传唱久远、家喻户晓，这些都是通过对比来加强情感的表达，是一种对比性的想象。但是，同时我们也应知道，审美想象这种类别的划分是相对的，在一个想象活动中，接近、相似、对比可以互相叠合、交叉、渗透，同时展开，可以互相推动、互相促进，并不是彼此孤立的，并不是绝对分开的。比如冬天看到傲霜斗雪的梅花，就会想到松柏，由松柏又会想到梅、兰、竹、菊四君子等，这既是接近想象，又是相似想象，也有某种对比想象的意思，所以审美想象往往是多种形式的综合。

审美中的想象活动是一种独特的想象，它有自己的特性，不同于科学的想象或一般日常想象。在科学研究中，科学家也要进行各种想象，比如在飞机还没有造好的时候，他要想象如何处理飞机在起飞时和起飞后可能遇到的各种突发情况，也就是说科学或日常的想象主要着眼于事物的实际功能，它是一种预设，更多的是一种推演。而审美中的想象主要是想象审美对象的整体形象画面，事物的形状样貌，充满了审美主体的情感，比如诗人想象飞机起飞，他常常只会想飞机在云层里飞翔是多么美丽，而不会考虑遇到恶劣天气飞机要怎么应对。想象怎么应对恶劣天气往往是飞行员的事情或者飞机设计师的事情。刘勰在《文心雕龙·神思》中说"思理为妙，神与物游"，审美中的想象是与事物的形象缠绕在一起的，它是一种自由的形象勾画。古希腊散文作家、哲学家琉善曾经说："诗享有无限的自由权，诗只须遵守一条法律——诗人的想象。诗人凭灵感创作，随诗兴之所至……"① 这种自由是科学想象所不具备的，科学要受必然律的限制，地球的引力让人不能自由飞翔，但人在审美中却可以无翼而飞。这也表明审美想象具有非功利性，而科学想象则具有功利性，科学想象的是事物的功能，往往具有实用性。总的说来，审美想象最主要的特点有三个：第一，审美想象是包含着情感的想象；第二，审美想象是借用形象的想象；第三，审美想象超越时间空间的限制，是十分自由的。培根曾经说："想象既不受物质规律的拘束，可以把自然已分开的东西合在一起，也可以把自然已结合在一起的东西分开，这样就在许多自然事物中造成不合法的结婚和离婚。"② 审美的想象虽然奠基于现实规则与科学规律，但它完全不受自然律或者必然律的束缚，它具有天马行空、无拘无束的自由特性，现实生活中不能实现的在审美想象中统统可以实现。有情人终成眷属、善有善报恶有恶报，这些是人们美好的愿望，也是人们对美好世界的想象，这些在审美的想象里都能实现。

---

① 缪灵珠：《缪灵珠美学译文集》第 1 卷，章安祺编订，中国人民大学出版社 1987 年版，第 194 页。
② 朱光潜：《西方美学史》上卷，人民文学出版社 1979 年版，第 203 页。

第三节 •
•
文艺创作的方法 •

　　文艺创作除了要有满腔的热情、奇特的想象、天赐的才能、辛勤的劳动之外，还要有冷静的形式创制，这就需要艺术家有"热心冷眼"，用一定的方法、技巧来表达、再现自己所欲表达的内容，熟悉一些文艺创作的方法也是非常重要的。因为"诗言志""诗缘情""文载道"，但"志""情""道"本身并不是文学作品，这就需要借助一定的创作方法来实现这种"情志"的转化。过去我们说"在心为志，发言为诗"，好像把"志"说出来自然就是诗歌了。但实际上怎样说出这些"志"也很重要，这个怎样说就是创作方法，过去我们对创作方法不够重视。创作方法是作家艺术地认识和表现社会生活的方式和手段，它是作家处理现实生活和自己创作材料之间的关系问题的基本原则。创作方法不同于作家处理已经收集来准备写进作品的材料的具体方法和手段，这种具体的方法和手段是作家的表现手法、修辞手法。创作方法是指作家采取什么样的原则态度从生活中去选取材料，创作方法比创作手法更加宏观。主要的创作方法有现实主义、浪漫主义、古典主义及现代主义的创作方法。

一、现实主义

歌德在 1830 年 3 月 21 日的谈话中说:"古典诗和浪漫诗的概念现已传遍全世界,引起许多争执和分歧。这个概念起源于我和席勒两人。我主张诗应采取从客观世界出发的原则,认为只有这种方法才可取。但是席勒却用完全主观的方法去写作,认为只有他那种方法才是正确的。为了针对我来为他自己辩护,席勒写了一篇论文,题为《论素朴的诗和感伤的诗》。他想向我证明:我违反了自己的意志,实在是浪漫的,说我的《伊菲革涅亚》由于情感占优势,并不是古典的或符合古代精神的,如某些人所相信的那样。史雷格尔弟兄抓住这个看法把它加以发挥,因此它就在世界传遍了。目前人人都在谈古典主义和浪漫主义,这是五十年前没有人想得到的区别。"① 从这里我们可以发现,歌德认为现实主义与浪漫主义这种方法论的自觉是从他和席勒开始的,现实主义的方法和浪漫主义的方法的区别在于一个主张从客观世界出发进行创作,而另一个则主张从内在心灵出发进行创作。

---

① 爱克曼辑录:《歌德谈话录》,朱光潜译,人民文学出版社 1997 年版,第 221 页。

　　一直以来，西方就有"模仿论"和"镜子说"的理论，强调对外在世界的真实模仿。宙克西斯画的葡萄从古到今都被公认为艺术的胜利，同时也被公认为模仿自然原则的胜利，因为真的有活的鸽子来啄食这些画出来的葡萄。毕特涅的猴子把洛色尔的《昆虫乐趣》一书中画的甲壳虫咬成碎片，毕特涅看到自己的珍本这样遭到损坏，却没有惩罚猴子，因为这足以证明插图的精美。在古代传统中，真实反映、真实描写的文学思想是一直存在的，而且这种"真实"被认为是作品的最高存在价值。狄德罗在谈到自己的剧本《一家之主》时非常得意，因为第一场还没有演完，人们就认为自己已经置身于一个家庭之中而忘记是在看戏了，这被认为是一件值得骄傲的事情，是作品的成功，这些是现实主义创作方法的早期形态。真正的现实主义作为一种比较自觉的艺术创作方法被理论家探讨却是比较晚近的事情。在德国，最早把"现实主义"这个词用于文学方面的是席勒和弗·施莱格尔。1798 年，席勒说法国人更近于现实主义者而不是理想主义者，并且提出了"现实主义不能出诗人"这样的观点，但是弗·施莱格尔却认为全部哲学都是唯心主义，除了诗歌之外不存在真正的现实主义。在法国，这个名词最早运用到具体的文学作品上是在 1826 年。一位作家在《法兰西信使报》上发表文章说："这种文学学说的影响每天都在扩大，它主张忠实模仿自然所提供的原型而不是艺术杰作，人们完全可以称这种学说为现实主义。从某些迹象看，现实主义将成为 19 世纪的文学即写真实的文学。"① 这表明现实主义作为一种理论形态开始引起人们的关注，其主张是从古典主义模仿传统的经典中解放出来，以真实地模仿自然世界为原则。当时声望很高的批评家普朗什从 1833 年开始运用现实主义这一概念。而 19 世纪 50 年代围绕库尔贝的绘画展开的大辩论使现实主义的内涵固定下来，1857 年法国出版了一部由作家尚弗勒里编辑的论文集《现实主义》，从此，现实主义作为一种创作方法，走上了理论自觉的道路。在英国，"现实主义"和"现实主义者"这些名词在 1853年发表的一篇讲巴尔扎克的文章中开始出现，1851 年，萨克雷曾被人称为"现实主义的首领"。而在美国，1864 年亨利·詹姆斯才提到现实主义方法这样的概念，1882 年豪威尔斯才在文章里把亨利·詹姆斯称为美国现实主义流派的主要代表。

　　中国古代文艺理论一直是在主体对客体的反映关系中发展起来的，具有强烈的现实主义的根基。人们强调艺术是主体内心情感的产物，但同时也强调自己内心的这种情感是因对外物的感受而产生的。"感物"是中国文论的传统，他

---

① 　韦勒克:《批评的概念》，张今言译，中国美术学院出版社 1999 年版，第218 页。

们从来没有单单在主体内心的"感"这一极中谈文艺创作，而是一直都在"感"和"物"这两极的关系中谈文艺创作。心、物关系实际上才是中国古代文论的逻辑起点和核心问题，而不单单是"心"。这种"感物"论的文艺观具有很强的反映现实的色彩。中国艺术具有抒情的传统，这是毫无疑问的，但这绝不只是"自我流溢""自我表现"的抒情。中国文论在强调缘情的同时又特别强调人的情感是受到外在物体、外在世界的刺激、感染而产生的，人心、人情是对外在世界的反映，是与外在世界一致的，是感于物的结果。所谓"治世之音安以乐，其政和；乱世之音怨以怒，其政乖；亡国之音哀以思，其民困"便是如此。季札观乐，根据音乐判断时政情况，表明艺术表达的情感是与现实生活一脉相承的，是对现实生活的反映。中国传统文学作品里也多现实主义的作品，为时而作，为事而作，不作"空文"，真实反映现实一直是中国古典文学的一个传统。司马迁的"实录"、杜甫的"诗史"、白居易的"新乐府"、曹雪芹的"辛酸泪"等，都是中国传统文学里真实反映现实的典型之作。《韩非子》里说"画犬马难，画鬼神易"，《画继》里也有记载说："徽宗建龙德宫成，命待诏图画宫中屏壁，皆极一时之选。上来幸，一无所称，独顾壶中殿前柱廊拱眼斜枝月季花，问画者为谁？实少年新进。上喜，赐绯，褒锡甚宠，皆莫测其故。近侍尝请于上，上曰：'月季鲜有能画者，盖四时朝暮，花蕊叶皆不同。此作春时日中者，无毫发差，故厚赏之。'"①在这里，"无毫发差"的作品得到重赏，正表明那种真实反映或模仿现实的思想受到重视，这些都说明中国古典文论里是不缺乏真实反映世界的现实主义的传统的。

现实主义作为一种创作方法，按照生活的本来面目来塑造形象，表现生活。现实主义作为一种文艺思潮或文学的流派运动，19 世纪 30 年代在欧洲开始流行起来，一大批作家自觉地运用现实主义创作方法从事文学创作而形成了一股席卷世界文坛的潮流。由于他们的作品表现出对当时社会的尖锐批判，文学史上往往又将其称为批判现实主义。比如司汤达以《红与黑》为代表作的系列作品，巴尔扎克以《高老头》为代表作的系列作品，狄更斯以《艰难时世》为代表作品的系列作品，托尔斯泰以《战争与和平》为代表作的系列作品，歌德以《铁手骑士葛兹·冯·伯利欣根》为代表作的系列作品，马克·吐温以《哈克贝利·费恩历险记》为代表作的系列作品，等等，形成了一股世界性的自觉的创作思潮，成为那个时代艺术的最高成就。不过我们应该注意的是，虽然现实主义作为一种世界性的自觉文艺创作思想而存在是在 19 世纪 30 年代以后才开始的，但具有现实主义精

---

① 宗白华：《宗白华全集》第 2 卷，安徽教育出版社 1994 年版，第 383 页。

神的文艺创作却一直都有，而且很多古代的作家也都自觉或不自觉地在遵循现实主义的创作方法、原则。汉代司马迁写作《史记》时强调"不虚美，不隐恶"，人称"实录"，这种"实录"精神其实就是一种很好的现实主义精神。唐代杜甫的诗称"诗史"，真实反映了当时的社会历史状况，比如他的《潼关吏》《新安吏》《石壕吏》《新婚别》《无家别》《垂老别》等作品就真实表现了安史之乱时的社会状况，是典型的现实主义作品。后来白居易的"新乐府""即事名篇"，"惟歌生民病"，为时为事而作，不著空文，这种创作价值取向也具有现实主义的精神。曹雪芹的《红楼梦》、吴敬梓的《儒林外史》、李宝嘉的《官场现形记》等也都是具有现实主义精神的杰出作品。19 世纪之前的许多西方作品也同样具有很强的现实主义精神，比如"皇冠上的明珠"莎士比亚的作品、"雷邦托的独臂人"塞万提斯的《堂吉诃德》等，同样可以说是现实主义的杰出作品。这些现实主义作品表现出来的共同特点可以简单概括为如下三点。

第一，现实主义强调客观、真实地反映社会生活，要求按照现实生活本身的面貌塑造形象，按照历史的真实面目真实地再现历史。恩格斯称赞巴尔扎克说："我从这里，甚至在经济细节方面（如革命以后动产和不动产的重新分配）所学到的东西，也要比从当时所有职业的历史学家、经济学家和统计学家那里学到的全部东西还要多。"① 这表明对现实生活的真实反映是现实主义作品最重要的追求。

第二，强调生活真实和艺术真实相统一的创作原则。作家在创作现实主义作品时注重细节的真实描写和艺术概括的有机统一，现实主义作品是情感真实与生活真实的结合，是艺术真实与生活真实的辩证统一。这就是我们通常所说的"艺术来源于生活，又高于生活"，也就是恩格斯所说历史的标准和美学的标准的统一。比如这样一首诗："贫家有子贫亦娇，骨肉恩重哪能抛？饥寒生死不相保，割肠卖儿为奴曹。此时一别何时见？遍抚儿身舐儿面。有命丰年来赎儿，无命九泉抱长怨。嘱儿切莫忧爷娘，忧思成病谁汝将？抱头顿足哭声绝，悲风飒飒天茫茫。"明代谢榛指出这首《卖子叹》"一读改容，再读则下泪，三读则断肠矣"。这首诗的真实就在于悲惨的生活场景的真实和亲人生离死别情感的真实的结合，将现实生活中人民的苦难集中在卖儿这样一个典型的情节中表达出来，产生强烈的冲击力。现实主义最重要的手法就是再现典型环境中的典型人物与典型情节，这首《卖子叹》就是人民悲惨生活的典型情节，读来催人泪下，深刻地反映了人民的悲惨生活。

第三，从艺术手法来看，较多地运用写实的手法，对生

① 《马克思恩格斯选集》第 4 卷，人民出版社 1972 年版，第 463 页。

活进行客观的叙述和精细的描绘，具有强烈的生活气息和逼真感。比如《卖子叹》中真实细腻地再现了父子之间难舍的深情，作为父母要卖儿子，那是心如刀割，父亲"遍抚儿身舐儿面"，却"嘱儿切莫忧爷娘"，这样的细节描写真实再现了当时生离死别的场景，让人肝肠寸断。只是我们应注意的是，现实主义所强调的真实是历史的本质真实，并不只是表面的细节与历史一模一样。恩格斯称赞巴尔扎克的作品是"现实主义的伟大胜利"，这主要是说巴尔扎克能够克服自己个人的主观偏见和嗜好，写出他所厌恶的那些资产阶级的代表人物必然失败的这样一个历史发展的必然结果，这是现实主义真实的最重要的方面，真实并不是指作家所描写的细节与生活或者历史完全相和，而是指本质上的一致，这就是恩格斯所说的除了细节的真实以外，还要真实再现典型环境中的典型人物的意思。

现实主义作为一种创作方法，与随后兴起的自然主义的创作方法是不尽相同的。自然主义作为一种艺术思潮，产生于 19 世纪 60 年代的法国，盛行于 19 世纪 70 至 80 年代的欧洲。它的思想基础是 19 世纪 30 年代兴起的孔德的实证主义哲学和丹纳的自然主义美学。自然主义主张文学应具有科学真理的精确性，强调文学创作的纯客观性，拒绝任何作家主观因素的参与，以自然科学的态度对待生活和艺术。它的代表人物左拉强调：作家看见什么就说出什么，一句一句地记下来，仅限于此，道德教训之类的留给道德学家去做。实证主义有句名言叫"不问为什么，只问是什么"，只是记录病人的病症，却不给病人开药方。自然主义的创作完全自然地实录现实，不主张作者的能动加工与提炼，这是它与现实主义的最大不同。自然主义提倡对平凡生活中的琐事做不加筛选的详尽的记录和描述，反对典型化的方法，倡导从生理学、病理学和遗传学的角度来把握人和社会，把人的生物物种性突出进行表现。这种方法有现实主义对生活真实反映的特点，但是没有现实主义的典型、集中和加工，只有原样的几乎照搬照抄的真实，这是与现实主义不同的。当然，一个艺术家在反映生活、创作文艺作品时，要完全自然而杜绝人为，这在绝对意义上也是不可能的，任何创作都会有艺术家的倾向性，区别只在于这种倾向是明显的还是比较隐晦的而已。

二、浪漫主义

在"浪漫派""浪漫的""浪漫"这样一组表述之中，最早出现的是形容词"浪漫的"。浪漫一词源自"传奇"（romance），有传奇中的情境，也有传奇中的勇士。而且，这种传奇是从罗曼语得名的，最早的传奇就是用这种语言写成的。而这种语言之所以被这样称呼，又是因为它们出现在意大利与法兰克地区交界地带的罗马格纳，而"罗马格纳"又明显是从"罗马"一词演变而来的，因此，浪漫派这一术语其实来源于"罗马"一词，而这里的"罗马"是指我们所说的"条条大路通罗马"中的那个罗马。"浪漫的"这一表述，1789年出现在德国文学艺术的语言之中，是由施莱格尔兄弟促成的。他们（特别是弗·施莱格尔）根据其与古典艺术的区别，对这种艺术进行了命名。弗·施莱格尔认为：在这种艺术中，个性的、哲理的宗旨占据着主导地位，它与形式达到相对的统一，而与规则达到完全的一致，它面临着奇迹与丑陋而心平气静，它表现出幻想形式的感伤内涵。弗·施莱格尔将这个名称用于所有近代的文学，而且认为浪漫主义在莎士比亚与塞万提斯那里即已出现，而歌德与席勒是浪漫主义的代表人物。浪漫主义作为一种文艺思潮，内部成员之间的见解有着很大的分歧，但作为一种创作方法，大致有这样一些共同点。

第一，浪漫主义作为一种创作方法是指作家按照自己理想的方式来表现生活。浪漫主义注重的是作家主观心灵的表现，浪漫主义作家乔治·桑曾指出巴尔扎克有能力也愿意描绘人类如他所见的，但是自己却总觉得有必要按照自己希望于人类的、相信人类所应当有的样子来描绘这个世界。按照生活应该有的样子来描写这个世界，这也成为浪漫主义的一个根本法则。作为一种世界性的文艺思潮，浪漫主义从18

世纪 90 年代至 19 世纪 30 年代盛行于欧洲，它以强烈的主观性和抒情性为主要特征，充满了理想主义的色彩。它的主要代表人物有法国早期的夏多布里昂、雨果，英国的华兹华斯、拜伦、雪莱、济慈，德国的海涅、歌德，俄国的普希金、莱蒙托夫，美国的惠特曼等人。浪漫一词来源于中世纪骑士传奇故事，是 18 世纪末人们在收集整理中世纪民间文学作品的过程中兴起的一种创作方法，浪漫主义也因此具有很强的传奇色彩、奇幻色彩，往往描绘一些异域风光、中世纪的幻想。在浪漫主义作为一种世界性的自觉的创作思潮之前，具有浪漫主义精神的文学创作在中国和西方也都有很多。比如中国战国时期的《庄子》《离骚》，里面的作品想象丰富奇特，文辞华丽瑰奇，情感强烈充沛，具有典型的浪漫主义特色。唐代著名诗人李白那些充满了奇特想象的大胆夸张的作品、明代汤显祖至情主义的《牡丹亭》等都充满了浪漫主义的色彩。西方的作品比如维吉尔的诗歌，中世纪的传奇故事《列那狐传奇》，等等，也都充满了浪漫主义的色彩。

第二，从创作思想来看，浪漫主义实际上是一种理想主义的创作方法，它强调表现理想和理想化的生活，按照作家认为应该有的或可能有的生活式样来表现生活。德国诗人席勒曾经认为诗歌主要有两种风格，一种是"素朴的诗"，一种是"感伤的诗"。素朴的诗相当于现实主义作品，感伤的诗相当于浪漫主义作品，他认为感伤的诗是把现实提高到理想来表现，具有很强的现实超越性。正是这种理想主义使得浪漫主义作家注重对自己主观内心世界的表现，具有强烈的抒情性。

第三，在表现手法上，浪漫主义常常采用大胆、夸张、奇特的想象，强烈的对比，曲折的情节来表现作者激越的情感与非功利的人生理想。罗素在其《西方哲学史》中说："浪漫主义运动的特征总的说来是用审美的标准代替功利的标准。蚯蚓有益，可是不美；老虎倒美，却不是有益的东西。达尔文（非浪漫主义者）赞美蚯蚓；布雷克赞美老虎。浪漫主义者的道德都有原本属于审美上的动机。"[①] 对于浪漫主义美学来说，强调审美的非功利性原则，强调审美自身有不依赖于实际效用、社会道德和科学知识的独立价值，这是浪漫审美范式的一个重要原则。他们强调美不是达到某种实用目的的手段，也不是获取知识、改善道德的手段，美自身就是一种独特的独立存在。因而浪漫主义强调美、艺术和科学、哲学等的不同，强调艺术是个人情感、想象和天才自由发挥的产物，而不是理性规则亦步亦趋的模仿品。独立审美精神的确立是浪漫范式的重要内涵，他们挂在嘴上的是为艺术而艺术的所谓纯艺术。给予浪漫主义美学直接影响的人是

---

① 罗素：《西方哲学史》下卷，马元德译，商务印书馆1976年版，第216页。

康德。康德在某种意义上可以说是著名的浪漫主义者了：他一生没有到过哥尼斯堡小镇一百千米以外的地方，但他的思想却传遍了全世界；他的生活宁静规律得使人们用他的散步来对照时间，但是他的思想却把世界搅得天翻地覆，翻了个个儿；他无妻无女，孤苦伶仃，却有无数的追随者狂热地跟在他的身后，形成了所谓康德主义。他本身就是一个浪漫的传奇！而康德的美学思想是真正改变古典范式的一种新的范式。

古典范式的美是在理性知识和伦理道德的指导下的美，而康德美学的一个基本原则就是确立审美的非功利性的独立价值，把美的领域确定为一个属于"情"的独立领域。在康德的体系中，他把"情"的审美看作知识和道德之间的一个桥梁，避免把审美看作知识判断和道德判断。而在其具体对美的分析中，审美的非功利原则更是被凸显出来，给人们留下更深的印象。康德明确地指出："为了判别某一对象美或不美，我们不是把（它的）表象凭借悟性联系于客体以求得知识，而是凭借想象力（或者想象力和悟性相结合）联系于主体和他的快感和不快感。鉴赏判断因此不是知识判断，从而不是逻辑的，而是审美的。"[1] 所以，审美不是知识，人只是想知道是否单纯事物的表象在自己心里就能引起快感，尽管

---

① 康德：《判断力批判》上卷，宗白华译，商务印书馆 1964 年版，第 39 页。

自己对于这里所表象的事物的存在本身并不感兴趣，但这个事物的形式本身令自己感到愉快，这就是美。这种愉悦不是感官的愉悦，也不是道德的善所带来的愉悦，而是纯粹审美形式所带来的愉悦。因此审美"鉴赏是凭借完全无利害观念的快感和不快感对某一对象或其表现方法的一种判断力"[①]。在此基础上，康德提出：美是不凭借概念而普遍令人愉快的；美是对象的合目的性的形式，在它不具有一个目的的表象而在对象身上被知觉时，它才是美的；同时美是不依赖概念而被当作一种必然的愉快的对象。美是一种主观判断，它不是一种客观知识和科学。康德说："没有关于美的科学，只有关于美的评判；也没有美的科学，只有美的艺术。……至于一个科学，若作为科学而被认为是美的话，它将是一怪物。"[②] 康德断然把美与科学知识分离开来，认为审美规定的根据，只能是主观的而不可能是别的。他的这一判断对执着地把美看作一种知识的知识主义古典范式是一个超越。不为一己私利的愉悦，也不为眼前社会道德的得失，不为事物本身的结构知识，只是为一眼见到的形式所感到的快感与不快感，这样的美的判断就是一种自由的独立判断，这开辟了康德美学的时代。正如卡西尔所说的："直到康德的时代，一

---

① 康德:《判断力批判》上卷，宗白华译，商务印书馆 1964 年版，第 47 页。
② 康德:《判断力批判》上卷，宗白华译，商务印书馆 1964 年版，第 150 页。

种美的哲学总是意味着试图把我们的审美经验归结为一个相异的原则，并且使艺术隶属于一个相异的裁判权。康德在他的《判断力批判》中第一次清晰而令人信服地证明了艺术的自主性。以往所有的体系一直都在理论知识或道德生活的范围之内寻找一种艺术的原则。"①康德则在知识与道德之外的范围为艺术确立了独立的审美原则，这一原则成为浪漫主义美学的思想根基，成为浪漫艺术的艺术之根。

浪漫主义美学追求审美独立的另一个一贯的做法就是把艺术审美自身的逻辑规定为个体的、感性的，与理性的、普遍的逻辑对立起来，从而总是把艺术与科学、哲学对立起来。在与科学、哲学的对立区别中，突出艺术自身的独立位置，这也是浪漫主义美学的一个范式。成为科学、哲学，具有科学、哲学那样的价值，甚至比科学还科学，比哲学还哲学，曾经一直是古典艺术范式的一个目标和梦想。而在浪漫主义美学里，人们要做的就是指出艺术与科学、哲学是完全不一样的，它不需要科学、哲学来标榜、抬高自己的价值，它有自己存在的价值和思维方式，它是独立的。这是对古典范式泛理性主义、泛科学主义、泛道德主义的一个反拨，这种区别对立表明一种新的审美范式诞生了。虽然对科学主义的讽刺早在斯威夫特《格列佛游记》里就有描写，斯威夫特

---

① 卡西尔:《人论》，甘阳译，上海译文出版社 1985 年版，第 175 页。

描写格列佛第三次到勒普泰岛的情景，首次描述、讽刺了唯科学主义。这个岛上科学院的规划员固执地想要在一切领域里使用科学方法，做着各种无用功，比如：他们努力从黄瓜里提取阳光并把阳光封在瓶子里，他们想用蜘蛛代替蚕，还努力用数学的三角学做衣服，等等。但这种对科学价值的范围本身进行比较集中的反思到浪漫主义美学这里才进一步明显起来。科学、哲学与艺术之间的区别在浪漫主义美学这里被如此集中、自觉地谈到，表明人们越来越多地认识到科学、哲学自己的阈限和艺术自身独立的审美价值。

三、古典主义

古典主义是 17 世纪产生于法国并流行于整个欧洲的一种文艺思潮和创作方法。它主张以理性主义为创作指导思想，以古希腊、古罗马文学为模仿的对象，按照严格的创作原则，采用规范化的民族语言进行创作。古典主义在一定程度上也可以叫作古希腊主义、理性主义。这一理论的代表人物是布瓦洛，他的《诗艺》是古典主义理论的集中体现。

在文艺上贺拉斯的"古典主义"和布瓦洛的"新古典主义"强调艺术创作模仿古希腊的原则和理性的"合式"的原则，要求作家日日夜夜把玩希腊的范例，认为荷马的作品是众妙之门，并且是取之不尽的创作源泉，作品中那种新创造的内容必须源于古希腊。他们认为与其别出心裁地写些人所不知、人所不曾用过的题材，不如把特洛伊的诗篇改编成戏剧，艺术创作只需模仿古希腊的范例就足够了。这实际上是把艺术传统当作艺术的源泉，而不是把现实生活本身作为艺术取法的源泉。同时，贺拉斯提出要创作成功，判断力是开端和源泉，而这个判断力主要是指人的理性，这一点布瓦洛也完全赞同，他指出："首须爱义理：愿你的一切文章，永远只凭着义理获得价值和光芒。"①意思就是把理性作为创作的首要条件之一。

在人物描写上，古典主义提出了类型化、定型化的要求。写阿喀琉斯"必须把他写得急躁、暴戾、无情、尖刻，写他拒绝受法律的约束，写他处处要诉诸武力。写美狄亚要写得凶狠、剽悍；写伊诺要写她哭哭啼啼；写伊克西翁要写他不守信义；写伊娥要写她流浪；写俄瑞斯忒斯要写他悲哀"②。青年人总是于浮动中见其躁急，说话则海阔天空，欲望则瞬息万变；中年人精神就比较平稳，好钻谋也能审慎；老年人经常抑郁，不断地贪财牟利，老是抱怨现在，一味夸说当年；等等。总之，一切都有一个既定的模式和框子，不能把青年写成老人的性格，也不能把儿童写成成年人

① 伍蠡甫、胡经之主编：《西方文艺理论名著选编》上卷，北京大学出版社1985年版，第182页。
② 伍蠡甫、胡经之主编：《西方文艺理论名著选编》上卷，北京大学出版社1985年版，第100页。

的性格。神说话，英雄说话，经验丰富的老人说话，青春热情的少年说话，贵族妇女说话，好管闲事的乳媪说话，走四方的货郎说话，碧绿的田垄里耕地的农夫说话，科尔科斯人说话，亚述人说话，都大不相同，一切都要符合那个既定的模式，这种"合式"原则给创作定下了很多规矩。同时，古典主义要求故事的发生、发展要在一天之内，要在一个地点完成一件主要的事情，这种"三一律"也是古典主义的一个基本要求。这个"古典主义"的"古典"就成了模仿古希腊，按照理性的既定规则行事的意思。在古典主义这里，"古典的"就是古希腊的、榜样的，意味着借鉴古希腊的原则，意味着理性主义的原则，意味着一切谨守和谐有序规则的"合式"原则，这些对于规范整饬艺术有好处，但在一定程度上也束缚了文艺创作的自由。

四、现代主义

现代主义的创作方法是 19 世纪中期以来在西方流行起来的很多现代派创作方法的总称。现代主义以非理性主义的思想为主要特征，表现个人的非理性的情绪、情感、本能、冲动和无意识等，表现现代人在人与人、人与自然、人与社会以及人与自我之间的关系失去了和谐平衡状况下的孤独、失落、焦虑、异化等心理感受，表现出极强的反传统色彩和内心深层意识流动的特色。象征主义、意识流、表现主义、达达主义、存在主义、荒诞派、野兽主义、超现实主义、印象主义、立体主义等文艺流派都是现代主义的代表。

究竟什么是现代主义，这也有一定的争议。欧文·豪曾经说："现代主义这个词令人费解、变化无常，定义又极其错综复杂。"①现代主义的概念众说纷纭，很难有一致的意见，总的来说，现代主义这一概念最早产生于18世纪古今之争的运动中，是一个贬义词，主张尊古的一派把它用来嘲讽主张变革的一派。《牛津大字典》认为这个词是小说家斯威夫特发明并最先使用的。1737年7月23日，斯威夫特在给亚历山大·蒲柏的信中写道："骚人墨客给我们送来了乱七八糟的诗文，带着令人生厌的省略语和稀奇古怪的现代主义，对英语的败坏就来自他们。"②格雷厄姆·霍夫在1960年说："英语文学在1910年和第二次世界大战之间发生了一次革命，这次革命与一个世纪之前的浪漫主义革命同样重要，但它尚未获得一个名称。"③这次革命就是所谓的"现代主义"革命。佛克马认为："现代主义是阐释世界的一种模式，后现代主义或现实主义或象征主义亦是如此，而且它们具有一

---

① 袁可嘉等编选：《现代主义文学研究》上册，中国社会科学出版社1989年版，第56页。
② *Oxford Dictionary,* Oxford University Press, 1969, p.1341.
③ 袁可嘉等编选：《现代主义文学研究》上册，中国社会科学出版社1989年版，第256页。

种更为广泛的文化意义。"① 佛克马还指出：现实主义、现代主义、象征主义等这些阶段的名称一方面代表了文艺领域内某一运动、潮流或社会话语，另一方面表明了某一时代的主导精神，似乎存在着某种思想或某一思想体系能够将媒体、艺术、宗教、政治、科学乃至日常生活联结为一个整体。而杰姆逊则认为："现代主义是一个特定的历史阶段，它自身是一个完整的、全面的文化逻辑体系。"② 可见，人们对现代主义的认知并不是一致的。

现代主义在作品形式上不再重视精心的结构、华美的语言、引人入胜的情节，也没有细腻的心理描写、环境描写，它常常淡化情节，用内在性、抽象性而不是抒情性、描写性的语言，用不确定性的结构，非实在性非反映性的人物形象，以冷漠的所谓"零度写作"的视角和漫不经心的意识的流动来推进作品。现代主义把文学看成一个独立于世界之外的符号系统，强调符号自身的游戏性、自主性，认为艺术可以独立于生活，不反映世界。如什克洛夫斯基就曾说：艺术永远是独立于生活的，它的颜色从不反映飘扬在城堡上空的旗帜的颜色。强调艺术自身的"内部"属性而不关心艺术的"外部"，进行所谓独立的、纯粹的"为艺术而艺术"的

① 佛克马、蚁布思：《文学研究与文化参与》，俞国强译，北京大学出版社 1996 年版，第 96 页。
② 深圳大学比较文学研究所编：《比较文学讲演录》，陕西师范大学出版社 1987 年版，第 29 页。

活动，使得现代主义文学作品与古典作品相比，在很大程度上失去了其现实关怀性，具有极大的异在性与游戏性，这也是西方现代文学的一个重要特点。从总体上来看，西方现代美学呈现出一种主观的、内在的、非理性的、非功利性的、动态性的特点。人自身的"意志""直观""生命冲动""无意识本能""情绪""情感""个性""体验""存在""梦幻""本能"等成了现代主义的关键词，艺术成了情感的宣泄、个人体验的场地。现代主义艺术重视从个人自身内在的主观感受来介入艺术，而且这种主观感受常常是纯粹个体的非理性的瞬间直觉的感受、体验。把每个独特个体的独特感受、独特体验都看成是美的，拒绝接受某种永恒的、客观的美的标准，使得现代主义的审美观念具有更加强烈的个体主观性、非理性，显得更加纷繁杂乱，呈现出一种动荡的非秩序性特点，这在未来主义、超现实主义、达达主义等流派的艺术宣言中有比较集中的表达。现代主义的价值取向不是一种秩序、和谐和统一，而是对秩序、统一的破坏。这种所谓"新的美"因此具有明显的反传统的特点，它是现代人走向更加动荡、更加快节奏的生活的一种反映，是现代人在共同价值迷失后的生存状况的一种反映，是现代人个体意识更加自觉深入的一种反映，是现代人追求更加民主、自由、多元、宽容的一种反映。

第四节 :
文艺创作的特殊现象 :

　　艺术创作是一个个体性很强的、非常复杂的创造性的工程，它绝不是按照生产程序与方法就能开展的工作，不是流水线的产品，它是艺术家殚精竭虑后心血的结晶。"满纸荒唐言，一把辛酸泪"，艺术创作的甘苦只有艺术家最清楚。除了一些一般规律之外，艺术创作中还存在着一些特殊现象，如灵感、癫狂与天才等。

一、灵感

　　灵感是艺术家思维的突然活跃，在某一时刻，艺术家突然文思泉涌，许多想不到的话语和情节大量涌向心头，呈现出一种极度的丰富和疯狂。如郭沫若说自己写《屈原》的时候，一天晚上似乎突然对整个故事的描写语言都了然于胸，各个人物的形象在脑子里旋转起来，清晰地呈现在眼前，他赶紧翻身起床，抓起笔开始写作，同时心里十分紧张，害怕这灵感突然离去。这种突然的思维活跃的产物就是灵感。许多人都曾描述过灵感到来时的情景，如柏拉图就认为一个人如果不失去平常的理智，不陷入"迷狂"的状态，就不能诵诗。陆机在《文赋》里描述灵感到来时的情景是"来不可遏，去不可止"，显示出灵感的突然性；苏轼说灵感来时"如万斛泉涌，不择地而出"，显示出思维的活跃。这种灵感的闪现具有短时性与突然性，不期然而来又不期然而去，常常一晃而过，人很难重新进入这种灵感状态，恰如诗人陆游所说："文章本天成，妙手偶得之。"惊天动地的诗句得来具有偶然性，所以一旦灵感到来，许多作家便要放下所有其他工作，赶紧记录下灵感中的内容，否则，灵感一去，一切便又恢复到了枯竭平庸的状态之中，因此要随时抓住这来之不易的灵感。陀思妥耶夫斯基曾经说："在我的头脑与心灵里时常闪现着并且令人感觉到许多艺术构思的萌芽。但是要知道，这不过闪现罢了，需要完满的体现，而体现却常常是不期然而突如其来的，正是突如其来，考虑是不可能的；而以后，在心中获得完整的形象时，那就可以进而加以艺术实现了。"[①] 创作之中常常闪现许多朦胧、混沌的意象，有时突然有了一个清晰的意象和表达，便是所谓的神来之笔，创作往往也就得以进行和完成，这就是灵感。

---

① 《鸭绿江》杂志社资料室编：《形象思维资料辑要》，辽宁人民出版社 1979 年版，第 321 页。

　　灵感来之不易，来了又易去。因此，许多作家都呼唤灵感，如《荷马史诗》一开篇便祈求缪斯赐给自己灵感，许多人通过种种奇特的方式刺激自己的灵感：拜伦常常深夜写作，在自己的桌子上放一个骷髅，便文思泉涌；而华兹华斯只有早上六点在湖边散步时，才会写出美妙的诗句；席勒要在自己的桌子上放一个烂苹果才写得出作品；那个有着面包师的相貌、鞋匠的身段、箍桶匠的块头、针织品商人的举止、酒店老板打扮的巴尔扎克要不断地喝黑咖啡、披上那件袈裟才写得出作品来，以至于他一生所喝的一万多杯咖啡导致了他的过早死亡；而海明威则只有站着写作才会舒服；李白酒后才有妙语佳言，"斗酒诗百篇"；欧阳修说自己平生文章来自"三上"，即马上、枕上和厕上，只有在骑在马上、枕在枕上和上厕所时才文思泉涌。这些刺激灵感的方式看上去十分奇怪和偶然，但灵感绝不是仅凭这样特殊的刺激就可以获得的，机会不会垂青没有准备的头脑：苹果如果不砸在牛顿头上而砸在另一个人头上，就不会产生万有引力定律；李白"斗酒诗百篇"，但一般人斗酒后却可能只会成为一个醉鬼，烂醉如泥或者胡言乱语。因此，灵感需要借助一定的资质得以实现，需要人对自己所思之事绞尽脑汁、冥思苦想。灵感实际上是人整个身心投入自己的事业中时思维的突然活跃。正如黑格尔所说："如果我们进一步追问艺术的灵感究竟是什么，我们可以说，它不是别的，就是完全沉浸在主题里，不到把它表现为完满的艺术形象时决不肯罢休的那种情况。"① 因此，灵感实际上就是一个人的完全投入、执着追求的结果，它不会因偶然的一个刺激就喷发。单靠召唤灵感的意愿和外在感官的刺激，是不会有灵感光顾的，要唤起真正的灵感，还是要靠明确的内容和辛苦的工作，仅仅寄希望于灵光一闪，是难以成功的。虽然艺术中少不了灵感，但单靠这瞬间火花的一闪，是创作不出伟大的艺术作品的。

二、癫狂

在艺术创作中，艺术家完全地投入自己的艺术世界中，情感完全在另一个自己创造的世界里，这种情感达到极致，就会使艺术家忘乎所以，其行为处事看上去与常人不一样，陷入一种情感爆发的具有某种歇斯底里的疯狂的状态之中，这就是创作中的癫狂状态。

在历史上，很多艺术家都经历过这种癫狂。德谟克里特说诗人不陷入一种燃烧的、疯狂的激情中就不会写出优秀的作品。柏拉图说诗人如果不失去平常的理智而陷入迷狂，就没有能力创作，就不会作诗或代神立言，因此，他把诗人的创作看成是一种诗神凭附的"迷狂"。辛乃加说，亚里士多

---

① 黑格尔:《美学》第 1 卷，朱光潜译，商务印书馆 1979 年版，第 365 页。

德亲自说过："没有一个伟大的天才不是带有几分疯癫的。"[①]
荷雷兹称诗人有一种可爱的疯癫，维兰特称诗人有一种可亲
的疯癫。而现代哲学家叔本华认为艺术天才的本领就是立于
纯粹直观地位，在直观中遗忘自己，而使原来服务于意志的
认识现在摆脱这种劳役，即是说完全不在自己的兴趣、意欲
和目的上着眼，从而一时完全撤销了自己的人格。这样，艺
术家经常忽略了对自己生活道路的考察和关心，表现出一些
近于疯癫的弱点。叔本华指出天才的特质和疯癫有着一条边
界，相互为邻，甚至相互交错。尼采认为诗人就是在"酒神
精神"的迷醉和疯狂中创作出作品的，艺术家多多少少都有
一点疯癫的、异于常人的样子。

在艺术实践中，许多一流的艺术家都有某种程度的精神
分裂和癫狂，像陀思妥耶夫斯基、尤金·奥尼尔、巴尔扎
克、弗吉尼亚·伍尔夫、罗斯金、海明威、川端康成、拜
伦、雪莱等，在常人看来都有一点疯癫。许多作家、艺术家
多日没有什么创作进展，但在某种近乎癫狂的激情状态中，
却很快完成了著名的作品，比如亨德尔在狂躁症发作最厉
害的二十四天内完成了著名的作品《弥赛亚》，郭沫若几周
就完成了《屈原》，歌德短短两周就完成了《少年维特之烦

---

① 转引自叔本华：《作为意志和表象的世界》，石冲白译，商务印书馆 1982 年版，
第 266 页。

恼》。这种癫狂比灵感更强烈、更持久，艺术家几乎不能控制自己。很多艺术家都记下了自己创作中某个近乎疯癫的场景。比如郭沫若回忆自己创作《凤凰涅槃》时说："全身都有点作寒作冷，连牙关都在打战。就那样把那首奇怪的诗也写了出来。……但由精神病理学的立场上看来，那明白地是表现着一种神经性的发作。"① 音乐家柴可夫斯基也说："当一种新的思想孕育着，开始采取决定的形状时，那种无边无际的喜悦是难以说明的。这时简直会忘记了一切，变成一个狂人，每一个器官都在战栗着，几乎连写出大概来的时间也没有，就一个思想接着一个思想地迅速发展着……如果艺术家的这种精神状态（即称为灵感的东西）继续下去，永不中断，那么这个艺术家是活不了一天的。"② 艺术家进入的这种"处若忘，行若遗，俨乎其若思，茫乎其所迷"的恍兮惚兮、惚兮恍兮的忘我境界，是一种专注的境界、激情的境界、非功利的境界、幻象的世界和唯我的世界。这是庄子所说的那种"心斋""坐忘"的境界，是一个真正艺术的境界。在这样的境界里，果戈理在大街上突然跳起舞来，一把伞到最后只剩下一个伞柄，他都不知道；郭沫若会突然脱了鞋子在图

<hr/>

① 彭放编：《郭沫若谈创作》，黑龙江人民出版社 1982 年，第 38—39 页。
② C. 波汶、B. 冯·梅克编：《我的音乐生活：柴科夫斯基与梅克夫人通信集》，陈原译，生活·读书·新知三联书店 1998 年版，第 128—129 页。

书馆的石头路上跑来跑去；曹禺会"如一只负了伤的兽扑在地上，啮着咸丝丝的涩口的地壤"，然后高叫"一切都毁灭了吧"。人们经常认为艺术家都有点"怪"，像东汉末年的王粲平时就喜欢听驴叫，他死后，来送丧的曹丕提议凡来送葬的文人都各学一声驴叫以送王粲，弄得一片驴鸣之声。而王安石也"经岁不洗沐"，与大臣一起钓鱼的时候，竟把一盆面粉团做的鱼饵吃了个精光，王安石的这种"衣垢不浣，面垢不洗"的痴怪与常人相比确实是不一样的。艺术家不拘小节、不修边幅的疯疯癫癫说明艺术创作中确实存在着某种癫狂的现象，是值得我们注意的。当然，像阮籍那样一醉几个月的"佯狂"实乃为了躲避灾祸，是文人明哲保身、迫不得已的做法。历史上很多人通过装疯卖傻来达到自己的目的，这不是艺术的癫狂现象，与艺术创作没有必然的联系。

　　艺术创作中艺术家反常的言行举止和脑海中的幻象，与精神病人的痴狂是不同的。精神病人的痴狂永远也摆脱不了幻象的纠缠，而艺术家只是在创作的突然兴奋中，如醉如痴，在创作癫狂过去之后便会返回到正常的日常生活中，而精神病人是办不到的。艺术中的癫狂现象是作家激情的迸发和对艺术的投入、沉醉，是痴迷的集中爆发，是短暂的现象，不是永久的。当然有些艺术家坎坷的遭遇使得他们可能真正存在间歇性的精神疾病，如徐文长的疯癫可能是病理性和艺术性并存的。有些艺术家分不清现实与艺术的界限，把艺术的疯癫带进了现实世界，自己变成了一个杀人犯或者盗窃犯、吸毒者等，危害社会。艺术家在犯罪之时就是一个犯罪嫌疑人，其行为与艺术的疯癫没有关系。诗人写诗的时刻是诗人，当他拿起屠刀杀人的时候，他就是犯罪嫌疑人，与诗人没有关系。

三、天才

艺术创作这种特殊现象，实际上是艺术家特殊才能的展现，人们常常把这些拥有常人难以拥有的能力的人称为天才。在现实世界中，确实有一些人拥有常人难以想象的禀赋，比如莫扎特七岁就可以自己开音乐会，使人不得不把他称为天才或者"神童"。很多著名的人物很早就成就了他们伟大的事业，显示出卓越的才能，比如：马克思三十岁就发表了他的《共产党宣言》；莱布尼茨既是著名的哲学家又是数学家，同时是德国的外交家和著名神学家，二十多岁就创立了微积分；叔本华三十岁时他的代表性著作《作为意志和表象的世界》就出版了；达·芬奇既是伟大的画家又是著名的建筑设计师，还是卓有成就的物理学家、光学研究专家、植物学家和解剖学家；等等。在这些伟大人物的成就面前，普通人只能望洋兴叹。应该说，确实有天生禀赋和才能超绝的人存在，天才是存在的，特别在艺术领域，天才现象更加突出。康德强调美的艺术是天才的艺术，他认为"天才是一种天赋的才能……它不是一种能够按照任何法规来学习的才能，因而独创性必须是它的第一特性。"[1] 天才通过自己的创作成为典范，从而为艺术立法。康德认为只在艺术领域中有天才，在其他领域中没有天才。因为牛顿在他的著作中写出来的一切，人们都可以学习、获得，而艺术天才的一切是不可学习的，艺术创造是一次性的、不可重复的、不可替代的。按照这种说法，杜甫的律诗可以学，但李白的诗却不能学，因此，李白是天才，杜甫只是一个人才。康德说："在科学里面最伟大的发明家和最辛勤的追随者和学徒也只是程度上的差别。与此相反，对美术获得天赋的人却是和他们有种类上的区别。"[2] 所以，康德强调唯有艺术不能模仿，因此唯有艺术领域里有天才。康德这一理论对 19 世纪以来的艺术发展有深刻影响，浪漫主义文艺强调艺术是作家自身情感的"流溢"，极其强调作家自身的天才。创作需要材料，但也需要作家的才能，要"材"，也要"才"。《复活》《安娜·卡列尼娜》的故事原型都只是法院的案例，很多人看到了相关公报，但只有托尔斯泰化腐朽为神奇，将其变成了举世闻名的文学作品，这不能不说是作家的天才带来的结果。叶燮在

---

[1]　康德:《判断力批判》上卷，宗白华译，商务印书馆 1964 年版，第 153 页。
[2]　康德:《判断力批判》上卷，宗白华译，商务印书馆 1964 年版，第 155 页。

《原诗》中特别强调诗人要有"才、胆、识、力"这几个方面的综合素养，因为一般人很难全面具有这样的才情。

我们认为艺术创作中，某些人拥有比别人更高的禀赋和天生的才能。某些人一生下来就对某一项东西特别敏感，具有超出常人的才能，这是应该珍惜和继续培养的，是值得人们注意的。因为这种天生的才能如果不被发现或者表现出来，或者被发现了而没有后天的努力的加持，很快就会被淹没而变得平庸。方仲永的故事告诉我们，后天的努力对于成就一个人的事业是非常重要的。天才是先天禀赋和后天努力相结合的产物，更多的人是靠后天的努力才成就了自己的事业，仅凭天赋，常常只能是昙花一现。人们常说成功就是百分之九十九的汗水加上百分之一的天才，"只要功夫深，铁杵磨成针"，许多伟大的人物其实都是靠自己的坚持和努力才成就了事业，并非靠偶尔的心血来潮就大功告成的。托尔斯泰写《战争与和平》十易其稿，曹雪芹的《红楼梦》增删五次，列宾在手干枯的时候仍在作画，贝多芬耳朵聋了以后仍在创作，凡·高一生也没有卖出去几幅画但仍不停地创作，柏拉图曾沦为奴隶，塞万提斯做过俘虏，屈原遭流放，司马迁受腐刑，陶渊明乞食，文王拘，仲尼厄，不韦迁，韩非囚……大凡圣贤皆郁结，忍人之所不能忍，千锤百炼始有天才式的成就。人们称费多托夫的画那么自然朴素，他说：秘诀就是画一百次。如果你把一只鸡蛋画一千遍，也许你就会是一个绘画天才，只是一般人只画了十遍、百遍或者九百九十九遍，没有耐心画那最后一遍，天才也就消失了。其实，很多时候天才就是有耐心。黑格尔说："每个人在各种活动中，无论是政治的、宗教的、艺术的，还是科学的活动，都是他那个时代的儿子，他有一个任务，要把当时的基本内容意义及其必有的形象制造出来，所以艺术的使命就在于替一个民族的精神找到适合的艺术表现。"[1] 因此，一个艺术的天才，在最终意义上说就是时代的儿子。一个人超过他的时代五步或者十步，人们认为他是一个天才，而超过五十步或者一百步，人们认为他是一个疯子。艺术家不可能没有时代，只不过天才是他那个时代的早产儿。

研讨专题

1. 如何处理艺术中的情感与日常的情感之间的关系？

2. 文艺中现实主义与浪漫主义应该是怎样的关系？

3. 怎样看待艺术的灵感与癫狂？

拓展研读

1. 刘象愚、杨恒达、曾艳兵主编：《从现代主义到后现代主义》，高等教育出版社 2002 年版。

---

[1]　黑格尔：《美学》第 2 卷，朱光潜译，商务印书馆 1979 年版，第 375 页。

2.孙绍振:《文学创作论》,海峡文艺出版社 2009 年版。

3.刘绍棠:《论文讲书——文学创作指导》,语文出版社 1989 年版。

第四章
/Chapter 4/

文艺的作品

艺术作品是艺术存在的物质载体。在传统的艺术批评里，人们往往从作家的意图、从作品对世界的反映程度、从读者被感染的程度等外部因素来寻找艺术的价值。而 20 世纪兴起的英美新批评则提出"意图的谬误"和"动情的谬误"，指出"就衡量一部文学作品成功与否来说，作者的构思或意图既不是一个适用的标准，也不是一个理想的标准"①。同时，他们指出传统批评把诗和诗的结果相混淆是一种谬误。这样，新批评把艺术作品和作家、世界、读者隔离开来，把艺术作品本身作为艺术存在的根源。艺术品本身成了艺术唯一的中心环节，这与稍前的俄国形式主义和稍后的结构主义理念一起，把艺术作品本身提高到一个前所未有的高度，使得人们对作品本身的关注程度大大提高。一般来说，艺术作品的构成是复杂的、多层次的。

---

① 赵毅衡编选：《"新批评"文集》，百花文艺出版社 2001 年版，第 234 页。

第一节 •
文艺作品的构成 •

一个审美作品一般来说有四个构成要素：一是它的物质实在层，二是它的形式符号层，三是它的意象意蕴层，四是它的哲学抽象层。这四个层次是一个审美的艺术作品表层和深层的构成要素。任何一个艺术品都要有一个物质的载体，比如音乐要有音符、琴键，雕塑要有石头，文学作品要有文字，绘画要有纸、笔、油彩，等等，这是艺术品的第一个层次，是最基本的层次。这个物质载体本身就有一定的美的属性，本身就是审美作品的美的一个要素。比如雕塑的石头本身很有光泽，颜色很好看，硬度很高。要雕塑一个高贵典雅如维纳斯那样的形象，用洁白的汉白玉大理石和用一般的青石，最后的成品存在明显不同。比如中国人写书法，纸最好是宣纸，笔最好是湖笔，砚最好是端砚，人们对物质工具本身就是很重视的。审美作品的第二个层次是作品的形式符号层。所谓形式符号层就是把已经有的物质材料按照一定的目的组织起来的结构方式，这个形式符号是人们一个有意识的创造，它是一个"有意味的形式"，绝不是随意为之的。比如一个雕塑，它从一块石头变成了某种形象，这个形象给我们某种视觉的美感，它各部分比例协调，线条优美，引人联想，给人无限愉悦的快乐感受，让人们沉浸在精神的陶醉中。艺术品的第三个层次是意象意蕴层，是作品的形式结合读者自身的感情、想象和理解而产生的一个具有读者自身主观性的意象，这个意象饱含着读者自身的情韵，是读者自身再创造的结果。意蕴是由作品美的形象引发人们的社会历史道德的情感而使人感到的社会历史性的道德的美、正义的美，是人们欣赏到的人类文化的美。艺术品的第四层是完全由视觉形象抽象、升华出来的人们对人类普遍真理的感悟的美，由感性的美而转到一种益智的纯粹理性形态的美的感受，是一种抽象的形而上学的层次。

就文学作品来说，它也有这样的审美层次，语言文字、结构、题材等都属于物质实在层和形式符号层，而主题、意蕴等则属于意象意蕴层和哲学抽象层。这四个层次在文学作品中通常被我们称为"内容"和"形式"。"形式"部分就相当于物质实在层和形式符号层，而"内容"则相当于意象意蕴层和哲学抽象层。刘勰在《文心雕龙》里说："故立文之道，其理有三：一曰形文，五色是也；二曰声文，五音是也；三曰情文，五性是也。"① "形文""声文"大概相当于

---

① 刘勰：《文心雕龙》，黄叔琳注，纪昀评，李详补注，刘咸炘阐说，戚良德辑校，上海古籍出版社 2015 年版，第 193 页。

物质实在层、形式符号层，而"情文"则相当于意象意蕴层、哲学抽象层。不管哪一个层次，所有这些层次的内容都遵从"美的规律"，都是"按照美的规律来创造"的。

一、艺术作品的题材和主题

题材有广义和狭义之分。广义的题材指作家写作材料所属的领域，比如军事领域、农业领域、工业领域的题材等。狭义的题材是作家已经收集起来并写进了文学作品中去的那些材料。当然作家可能收集了很多材料，但写进作品中的并不多，没有被写进作品中的就不是我们所说的狭义的题材。

在题材问题上，我们应反对题材决定论。有人认为只有写重大题材才能写出伟大的作品，这种观点是站不住脚的，有许多伟大作家的伟大作品写的是一些平凡小人物的生活小事，比如巴金的《寒夜》、茹志鹃的《百合花》等就是写小人物的小事非常成功的艺术作品。艺术品的成功与否并不单纯取决于题材，作家从题材中发掘意义的能力、艺术技巧等都是决定艺术成功与否的因素。当然，同时我们又要反对题材无差别论，以为所有题材对于作家的意义和价值都是一样的的观点也是不对的。有些重大题材本身蕴含的意义和价值多于那些小题材。面对重大题材，作家容易发掘出多方面有意义的主题，也更容易写出有影响力的作品。

　　在具体的题材选择上,抒情性文学作品与叙事性文学作品是不一样的。抒情性文学作品以抒情为主,作家一般只截取生活的一个片段,或者通过最富特征的某一场景或者自然景象,来集中地表现自己的主观情感和审美意识,因此它的题材一般比较简短、单纯,没有大量的人物形象和故事情节。而叙事性文学作品选材则更加丰富、更加复杂,包括对人物、事件、环境等的选择。这三者中人物是主体,情节是人物生活和行动的历史,环境则是人物存在和行动的依据,这三者有机统一,构成完整的生活材料,构成叙事性作品题材的主要内容。

　　题材是一部作品的基础,而主题则是一部作品的灵魂。主题是通过作品所描绘的社会生活而表现出来的中心思想,即作品中形象体系所表现出来的主要意义,所反映的社会生活的深度、厚度与发展规律。作家安排材料都要围绕作品的主题来展开,虚构想象人物的形象和作品的情节、环境等。作品的主题具有鲜明的时代性、阶级性、主观性等特点。面对同一则材料,不同时代、不同阶级的人会发掘出完全不同的意义。比如同样是张生和崔莺莺的故事,唐朝元稹写的《莺莺传》对张生和崔莺莺的恋爱故事中的始乱终弃持一种欣赏的态度,对女性有一种玩弄的心态,把女人当成男人掌中的尤物;而王实甫的《西厢记》则把张生与崔莺莺的爱情故事完全变成了对年轻人之间真正爱情故事的赞扬,对自由恋爱的歌颂，变成了反对封建家长粗暴干涉婚姻自由。这说明不同的主题可以表现出不同的时代性。同样，宋江起义的故事，罗贯中把它写成了官逼民反、英雄造反的主题，而俞万春的《荡寇志》则把宋江起义描写成盗贼叛乱，把朝廷对农民起义的镇压写成清剿土匪、荡平强盗，这两个不同的主题是由作者不同的阶级立场决定的。因此主题与作者本人的世界观、历史观以及所处社会的生产发展水平有很大的关系。鼓吹"永恒主题"是不科学的，有常见的话题，但不会有完全相同的主题。像"爱情""母爱""生命""死亡""正义"等所谓的永恒主题，虽然各个时代各个民族的人都在不知疲倦地对其进行表达，但它们会随着时代、历史的不同而具有不同的内涵。在那些有钱的公子小姐眼里，爱情是男女之间的浪漫故事，是玫瑰花与钻石戒指，是度假旅游；而在穷苦劳动人民的眼里，爱情是两个劳动者在一起的互帮互助，是相濡以沫共赴人生。在封建家长制度下的青年男女的爱情是"父母之命，媒妁之言"，是直到洞房花烛夜才第一次看见自己的心上人是什么样子，对女子而言则更是"嫁鸡随鸡，嫁狗随狗"。对于 21 世纪的年轻男女来说，这样的爱情是根本不可想象的。所以同样是爱情的主题，随着时代的变化，其内涵是完全不一样的。主题是具体的、流动的而不是抽象的、僵化的。

题材提炼有很强的主观性。同样是梅花，王冕眼中是

"不要人夸颜色好，只留清气满乾坤"的自信与自强；而在陆游眼中则是"无意苦争春，一任群芳妒。零落成泥碾作尘，只有香如故"的清高孤傲；在毛泽东的眼中则变成了"已是悬崖百丈冰，犹有花枝俏"的乐观、进取、豁达的形象。同一个月亮，千百年来人们对它咏叹不尽，从《诗经》"月出皎兮，佼人僚兮"到"人有悲欢离合，月有阴晴圆缺"，从"江月年年望相似"到"月是故乡明"，不同的人面对同一轮皓月，却有不同的浩叹。同一个对象，提炼出的是完全不同的主题。

艺术作品的主题，作者自己的中心思想、自己的倾向性当然不是在作品中口号式地直接喊出来的，而是应该在作品的叙事中不知不觉地表现出来的，概念与口号公式不是艺术创作。恩格斯曾经说，作者的观点要隐蔽，不能把文章作为自己观念的传声筒，不能"席勒式"而要"莎士比亚化"，要让作者自己的观点在描述中自然而然地流露出来，而不能概念化。当然作者必须有自己鲜明的观点、爱憎和倾向，而且从荷马到莎士比亚，从但丁到塞万提斯，从埃斯库罗斯到巴尔扎克，伟大的作家都有自己鲜明的倾向和主题观点，关键是怎样表达主题观点。艺术的表达要如盐溶于水，无痕有味，比如：表达自己的满腔愁苦，却只说"恰似一江春水向东流"；要表达自己对丈夫的思念，却只说"打起黄莺儿，莫教枝上啼"；要表达对朋友的思念，却只说"一片冰心在玉壶"；要表达战争的残酷，却只说"一夜征人尽望乡"。不言而言已尽，这是表达主题的最好方法。作者甚至会故意说反话来表达自己的思想与主题，"忍顾鹊桥归路"，本来是极其不忍回顾鹊桥归路的，却偏偏要说"忍顾"，真是多情却是最无情，用反话来表现自己的主题思想，则表现出来的主题倍加深沉。艺术隐藏在反讽、隐喻、象征等修辞中的意义与主题需要有心人发现，这有心人就是知音。

二、文艺作品的形式

何谓形式？正如塔达基维奇在《西方美学概念史》中提到的："没有哪一个术语能像'形式'这样经久不衰，这个术语源于罗马时代。也没有哪一个术语具有如此的国际性……然而，这个术语，其模糊也像经久不衰一样显著。"[①] 可见，"形式"是人们常用而又意义模糊的一个词。塔达基维奇认为形式至少有这样五种比较常见的意义：第一是各部分的排列；第二是被直接给予感觉的东西，与理性思索的内容是相对的；第三是对象的范围或轮廓；第四便是亚里士多德所使用的形式的意义，它表示对象的概念本质；第五种是康德意

---

① 塔达基维奇：《西方美学概念史》，褚朔维译，学苑出版社 1990 年版，第 296 页。

义上的形式，它表示心灵对感性对象的作用。这五种形式的意义在美学史上都有自己的拥护者，也都有一定的合理性。对于艺术品来说，形式是指作品材料被艺术家创作之后，直接给予读者感觉的东西，这里有把塔达基维奇所说的第二种形式意义和第三种形式意义综合在一起的意思。具体来说，结构、语言、体裁是文艺作品的形式因素。刘勰在《文心雕龙》中指出："立本有体，意或偏长；趋时无方，辞或繁杂。蹊要所司，职在熔裁，隐括情理，矫揉文采也。规范本体谓之熔，剪截浮词谓之裁。"①总之，"熔裁"就是对已经有的材料进行删减、调整、规范，而使之具有更加严密的形式符号系统的加工工作。"句有可削，足见其疏；字不得减，乃知其密。"可见形式的精雕细刻是审美创造中重要的一环。

（一）结构

亚里士多德认为任何一个事物的形成都有四种要素：形式因、目的因、创造因和质料因。按照亚里士多德的说法，通过人们的创造，按照一定的目的赋予已经有的材料以形式，这样一个事物就形成了，形式是事物的存在样式。赋予材料以形式，这就是创造。后来的普罗提诺认为，两块石头

---

① 刘勰:《文心雕龙》，黄叔琳注，纪昀评，李详补注，刘咸炘阐说，戚良德辑校，上海古籍出版社 2015 年版，第 197 页。

放在那里，一块石头做成雕塑，是美的艺术品，而另一块还是石头，不是美的艺术品。那么这两块石头，之所以一块是美的艺术品而另一块不是，不是因为它们是石头，而是因为人们把一种形式赋予了一块石头却没有赋予另一块石头。因此，这种被赋予的形式才是美与不美、艺术与非艺术的决定性要素。这种把材料按照一定的目的组织安排的"有意味的形式"就是艺术作品中的结构，它是艺术作品内容的组织形式、裁剪和布局等。艺术家根据自己对生活的认识，在展开和深化主题的目的之下，运用各种艺术手法，把作品内容的各个部分根据轻重主从，加以合理而匀称的安排和组织，使之既符合生活的逻辑，又适应一定体裁的特点，从而构成一个有机的整体，以达到艺术上的完美与和谐，这就是文艺作品的结构。刘勰在他的《文心雕龙·附会》里曾经说："何谓'附会'？谓总文理，统首尾，定与夺，合涯际，弥纶一篇，使杂而不越者也。若筑室之须基构，裁衣之待缝缉矣。"[1]这种整体"弥纶一篇"的"附会"、安排、组织材料的形式就是结构，它就像建造房屋的地基一样是最基础性的工作。

　　结构不论怎样多种多样，它的基本原则应是：第一，结

---

① 刘勰：《文心雕龙》，黄叔琳注，纪昀评，李详补注，刘咸炘阐说，戚良德辑校，上海古籍出版社 2015 年版，第 243 页。

构必须服从表现主题的需要。一切形式都是为了更好地表现主题，无论是倒叙结构、插叙结构抑或是"总—分—总"的结构等，无论采用哪一种都是为了更好地表现主题，不能为了结构而结构，如果所选结构不利于表现主题，那就应选取别的结构。第二，结构本身应该是完整、和谐、统一的，应该具有形式美。结构作为艺术作品的形式，是作品的有机组成部分，是艺术审美形式的一个组成部分，它本身应是美的、合理的，而不是残缺不全的。元代杂剧家乔吉曾经将文艺作品结构的原则总结为"凤头、猪肚、豹尾"，即是说开头要美，要有吸引力，而作品的主体部分要内容丰富，结尾要有力，不能拖拉，整体结构要简洁有力。总之，艺术作品的结构应是头尾齐全的，同时这一切又是为了更好地表现主题。第三，结构要适应各种不同的文学体裁的要求。一部作品采用什么样的结构，是受作品所反映的生活内容和主题决定的，但同时，也与作家采用什么文学体裁来写作有密切的关系，比如诗歌、小说、戏剧的体裁不同，对作家选取结构是有很大影响的。小说这样的叙事性作品，其结构要考虑故事情节的开端、发展、高潮和结局的完整过程，有的还要考虑序幕和尾声。但是在抒情性作品中，由于主要是抒发作者主观的情感，往往只从生活中的一个片段直接入手或者只抓住某一个生活场景或自然景象，这种结构作者就无须再考虑事件的开端、发展等系列过程。总之，结构要量体裁衣，因地制宜，为内容服务。在 20 世纪五六十年代盛行的结构主义艺术观把"结构"本身作为文艺研究的对象，认为文艺作品自身的结构就是作品"文学性"之所在，认为不需要在作品之外寻求文学作品的意义，只需在作品内部寻求固定的结构就可知道作品的意义，把结构作为决定文学作品之所以为文学作品的核心的要素，这就把结构上升到艺术本体的地位，表明了结构本身的重大意义。但如果把结构的精巧匠心本身作为艺术的价值之所在而不关心艺术作品反映社会生活的重大意义，这也存在为了结构而结构的形式主义的不足。

（二）语言

高尔基曾经说语言是文艺的第一要素。语言是文艺作品的媒介形式，又是文艺的基本存在样式。舞蹈这样的艺术作品，它的语言是肢体动作；音乐的语言是声音、节奏；绘画的语言是色彩、线条；文学作品的语言是文字。艺术作品语言的基本原则是符合美的规律，语言应该是美的，文艺作品的语言文字更应该是美的。杜甫说"笔落惊风雨，诗成泣鬼神""语不惊人死不休"，中国诗人对于炼字是极其重视的。作家阿·托尔斯泰曾经说："语言是思维的工具，语言是一种非常神奇的电波，而艺术家——作家和诗人就从那台放在自己肩上的发射机上，把自己的感情、美妙的幻想和各种思想发射出去，并利用这种电波把它们传送给接收机——读者。"①
这样，在阿·托尔斯泰看来，文学艺术就是用语言发射出来
的感情、幻想和思想的电波，文学艺术就是语言的艺术，这
种艺术性表现为语言的形象性、含蓄多义性、节奏性。

文艺语言具有形象性。所谓形象性的首要内涵就是不抽
象，就是具体的、栩栩如生的、可以直接感受到的意思，就
是人们常说的如历其境、如见其人、如触其物、如闻其声的
生动性。文艺通过语言文字能够给人们呈现出鲜明生动的形
象，而不是通过概念、抽象的公式来告诉人们一个信息，这
是文艺语言的一个基本要求。文艺是通过形象来表现情理
的，是通过形象给人美的感受的，这是文艺语言区别于其他
语言的特点，而科学语言是精确的，意义单一的、抽象的、
确定的。

抓住事物最根本的特点来描述，这是形象性来源的第一
条路。毛泽东的词"烟雨莽苍苍，龟蛇锁大江"，一个"锁"
字，既有形象性，又表现出了革命失败后人们的忧虑心情，
非常准确，极富表现力，让人浮想联翩。王国维在《人间
词话》中指出：宋代张先的"云破月来花弄影"，只一个
"弄"字就境界全出，而宋祁的"红杏枝头春意闹"，则着一
"闹"字而境界全出，"弄"和"闹"两个字就把那看上去无

---

① 阿·托尔斯泰：《论文学》，程代熙译，人民文学出版社1980年版，第167页。

可捉摸的抽象的"春意"、生机盎然的月色写活了，写灵动了，写具体了，那不可把握的情思似乎一下子就呈现在眼前了，而且整首词从静到动的转变历程也全部清晰地展现出来了。语言的形象性就是这样要求文学语言把抽象的东西写具体，把无形的东西写得有形，把静态的东西写成动态的，把无限的东西寓于有限的东西中，把遥不可及的放在眼前，把古代放在今天，用活的气息来装点死的东西，化美为媚，化静为动，化无形为有形，无限提升语言的张力与表现力。从中国诗词中随意挑出一些句子，都能充分体现文学语言的这种魅力："请君试问东流水，别意与之谁短长""明月千里寄相思""我寄愁心与明月，随君直到夜郎西""桃花潭水深千尺，不及汪伦送我情"等。诗人想表现的相思、忧愁、友情等都是看不见摸不着的东西，却一下子成了江水、明月、潭水，好像就在眼前一样可触可感，这是文艺语言应该有的第一个最重要的特点。美丽本身是抽象的，写人的美，作家常常不直接写鼻子、嘴巴、眉毛、脸怎样美，而是去写那个人的美给人们留下的印象或者产生的效果，把静的写动，把抽象的写具体。曹植写的宓妃的美，宋玉所写的隔壁女子的美，都是极其形象生动的，用"荣曜秋菊，华茂春松"等一系列意象来表现美。用生动的似乎可以触摸到的方式来表现难以表现的抽象的美，这就是文艺语言的魅力。

　　在文艺作品里，这种形象生动的第二个来源是物象之间的对比，能极其生动地突出作者要表达的思想和情感。通过多个物象之间的对比，形象性就跃然纸上。对比是最好的深入一个问题的方法，比如这样的民歌："天上浮云占四方，地下黄龙占九江，皇帝占了金銮殿，菩萨占了古庙堂，情郎占了姐心房。"在说自己的情感之前，说了一大堆的物象，从天上的浮云到地下的黄龙，从皇帝到菩萨，都只是为了说明"情郎占了姐心房"，这些丰富物象之间的对比就把"情郎"的重要性凸显出来了，以此给人们留下深刻难忘的印象。这种对比是文艺形象性常用的一个方法，如一首彝族民歌说："倘若坏人来了，天下一定不太平；倘若姑娘来了，心儿一定不安宁。"藏族民歌说："你说的第一句话是银子，银子要用秤来称；你说的第二句话是绸缎，绸缎要用尺来量；你说的第三句话是真心，真心要用心来量。"用别的形象来映衬主要的形象，使得主要的形象异常丰满生动，这是文艺语言的一个常见手段。意象的连续出现自然会使这个形象更加鲜明突出，给人更加深刻的印象，像"江南可采莲，莲叶何田田。鱼戏莲叶间，鱼戏莲叶东，鱼戏莲叶西，鱼戏莲叶南，鱼戏莲叶北"这样的诗句，这种复沓使鱼戏莲叶的形象再生动不过地映入了读者的脑海之中，产生了过目不忘的效果。

这种形象性的第三个来源是夸张的手法。夸张是文艺语言的一个基本特点，在文艺作品里是普遍存在的。刘勰在《文心雕龙·夸饰》里说："故自天地以降，豫入声貌，文辞所被，夸饰恒存。"他指出了夸张这种现象在文艺中是自古就存在的。因此，在作品中"言峻则嵩高极天，论狭则河不容舠，说多则子孙千亿，称少则民靡孑遗；襄陵举滔天之目，倒戈立漂杵之论：辞虽已甚，其义无害也"[①]。刘勰在此指出了作品中夸张的存在，并且认为文学作品中这种夸张并没有什么害处，这是难能可贵的。其实，王充早就指出了作品中的这种夸饰，不过王充称之为"艺增"，他说："俗人好奇。不奇，言不用也。故誉人不增其美，则闻者不快其意；毁人不益其恶，则听者不惬于心。闻一增以为十，见百益以为千。"[②] 生活在大多数情况下是平常、平淡、平凡甚至平庸的，并没有步步惊心的波澜壮阔，但人心好奇，艺术作品夸张生活中的小事而将之"奇"化以迎合读者，王充认为这种夸饰、增益是人之常情，也是艺术之道。而文艺作品里这种"增"确实是文学作品语言的一个基本特点：言高则说"飞流直下三千尺，疑是银河落九天"；说长则说"白发三千丈，缘愁似个长"；说难则说"蜀道难，难于上青天"；说快则称"两岸猿声啼不住，轻舟已过万重山"；说壮则说"君不见，黄河之水天上来，奔流到海不复回"。总之，文艺作品语言的这种夸张是文学语言形象性的来源，是其艺术

---

① 刘勰：《文心雕龙》，黄叔琳注，纪昀评，李详补注，刘咸炘阐说，戚良德辑校，上海古籍出版社 2015 年版，第 217 页。
② 郭绍虞主编：《中国历代文论选》第 1 册，上海古籍出版社 1979 年版，第 99 页。

性最生动的体现，是文艺之所以能给人深刻印象的一个原因所在。

　　文艺语言形象性的第四个来源是含蓄多义性。文艺语言不能平铺直叙，不能像科学语言一样精确明晰，也不能像日常语言一样随意，而是要含蓄蕴藉，具有丰富的意蕴，既朦胧又清晰，既随兴又精致，总之要给读者留下想象的空间，言有尽而意无穷，含不尽之意见于言外，具有多种解释的可能性，含有丰富的"余味"。刘勰在《文心雕龙》里说："文之英蕤，有秀有隐。隐也者，文外之重旨者也；秀也者，篇中之独拔者也。隐以复意为工，秀以卓绝为巧。"[①] 在刘勰看来，文艺作品的追求之一就是这种"复意"，这种"文外之旨"，这种"深文隐蔚，余味曲包"的品格。这种多义性正是文艺作品语言的特点，作品语言的双关，其实就是文学语言多义性的一个来源。"东边日出西边雨，道是无情却有情"，在字面本身的意义之外，非常巧妙地抒发着人生的情怀，让人觉得余味无穷。北魏胡太后私通臣子杨华，杨华惧祸而逃往南方，投降梁国，胡太后思念杨华，因此通过双关谐音作诗来表达自己的思念之情，写下了《杨白花歌》："阳春二三月，杨柳齐作花。春风一夜入闺闼，杨花飘荡落南家。含情

---

① 刘勰：《文心雕龙》，黄叔琳注，纪昀评，李详补注，刘咸炘阐说，戚良德辑校，上海古籍出版社 2015 年版，第 231 页。

出户脚无力，拾得杨花泪沾臆。秋去春还双燕子，愿衔杨花入窠里。"① 这就是巧用"杨华"与"杨花"的谐音，双关地表达自己对杨华的思念之情，极其含蓄，表现了语言的技巧性。再比如李商隐的《锦瑟》："锦瑟无端五十弦，一弦一柱思华年。庄生晓梦迷蝴蝶，望帝春心托杜鹃。沧海月明珠有泪，蓝田日暖玉生烟。此情可待成追忆，只是当时已惘然。"② 从古到今，这首诗引起的争论很多，有人说它写的是李商隐自己的身世，有人说它写的是李商隐对自己妻子的怀念，有人说它写的是人生的悲欢离合，有人说它写的是李商隐自己政治斗争的失意，等等，究竟写的什么没有一个唯一的答案，就像嚼橄榄，越嚼越有味道。诗有可解，有不可解，有不必解，只要引起大家丰富的审美感受就有意义。越是韵味无穷的作品越是具有无穷的艺术魅力，相反那种一言一语清清楚楚、毫无悬念和歧义，如数学公式一样明明白白的作品，它的艺术意味则受到束缚。白居易常把作的诗念给老妇人听，直到老妇人完全听懂为止，但白居易的语言虽易懂，却并不是毫无余味如白开水一样索然无味的，否则其文学价值就会大打折扣。其实，《长恨歌》《琵琶行》已经是很工整、很有意味的作品了，并非妇孺皆懂的了。而如"野火烧

---

① 逯钦立辑校：《先秦汉魏晋南北朝诗》下册，中华书局 1983 年版，第 2246 页。
② 彭定求等编：《全唐诗》第 16 册，中华书局 1960 年版，第 6144 页。

不尽，春风吹又生"这样的诗句，也是很含蓄多义的，意义的层次性是很丰富，很有感染力的。中国的文艺一贯是含蓄的，论诗讲究微言大义，简短的语言往往含有不尽之意，可以说中国文学语言是文学语言的典范。有的现代文学作品，把自己的主题、思想、观念完全明白地喊出来，在作品中借人物之口大段宣讲哲学理念或者法律条文，观点倒是鲜明，但读起来索然无味，思想性倒是很强，但文学艺术性却差了一截，就好像直接吃大把的盐，咸得要命。当然，文艺语言的含蓄也不是说故意卖弄玄虚，故意让人看不懂，晦涩难懂不是含蓄。

文艺语言形象性的第五个来源是节奏性。文艺语言的节奏性是指它的音响、韵律以及节奏的和谐，读起来朗朗上口，听起来悦耳动听，给人以听觉上的美的享受和强烈的感染。在科学语言那里，语言是纯粹的手段，是表达意思的工具，是真正的"得意忘言"。但对文艺作品来说，语言除了表达意思之外，它本身也是文艺作品的一个重要的组成部分，要给人美的享受，要有形式上的美。这对于文艺来说绝不是可有可无的"第二性"的东西，语言本身的节奏、音乐性是文艺作品艺术性的重要体现。这种音乐性对于诗歌来说就显得尤其重要，中国的古诗随便拿出一首来都是很讲究音律的，读来铿锵悦耳，像柳永的"念去去千里烟波，暮霭沉沉楚天阔"，前半句是"1-2-2-2"的句式，后半句自然是

"2-2-2-1"的形式，就像音乐一样具有内在的音韵结构的美感。现代诗人闻一多强调诗歌要有建筑美、绘画美和音乐美，对语言文字进行精雕细刻，使诗歌达到形式上的完美，给人一种形式上的美感，如《忘掉她》：

忘掉她，像一朵忘掉的花，——
那朝霞在花瓣上，
那花心的一缕香——
忘掉她，像一朵忘掉的花！

忘掉她，像一朵忘掉的花！
像春风里一出梦，
像梦里的一声钟，
忘掉她，像一朵忘掉的花！

忘掉她，像一朵忘掉的花！
听蟋蟀唱得多好，
看墓草长得多高；
忘掉她，像一朵忘掉的花！ ①

---

① 闻一多:《闻一多全集》第 1 卷，湖北人民出版社 1993 年版，第 142—143 页。

整首诗歌都是这样，一节四句，每一节的第一句和第四句都是一样的"忘掉她，像一朵忘掉的花"，包着中间两句，有一种形式上的对称和音韵节奏上的统一，这是典型的追求文艺语言音乐性的表现。而有时整首诗歌都运用叠词，既有语言形式本身的精巧音韵，又传神地表达了意思，令人称绝，例如民间歌谣《桃儿尖尖》里这样写道："桃儿尖尖，李儿圆圆。风儿阵阵，柳儿翻翻。莺儿呖呖，燕儿喃喃。窗儿素素，影儿单单。人儿渺渺，病儿恹恹。嗳，似我这般怯怯的腰肢有谁怜？我体儿轻轻，容儿淡淡。凄凄惨惨。眉儿皱皱，泪儿涟涟。"这里明显是有意识地运用叠词来表现一个相思女子的形象，虽然明显有刻意使用叠词的嫌疑，但因为比较传神地表达了作者的情意，整个作品并不显得特别雕琢和刻意，没有文字游戏的感觉，相反使人感到好像一切都是水到渠成，是自然英旨，恰到好处地刻画了一个多情女子的形象，具有一种音乐的美感，显示出一定的艺术性。叠词的音韵感在诗歌艺术中经常运用，如"青青河畔草，郁郁园中柳。盈盈楼上女，皎皎当窗牖。娥娥红粉妆，纤纤出素手"，用一系列的叠词来形容一个思念亲人的女子，形象生动，音韵节奏恰到好处。

（三）体裁

文学体裁是构成文学作品形式的要素之一。文学作品由于在形象塑造、结构安排、语言运用等方面产生了不同的内部结构和外表形态，所以形成了不同的文学样式，这就是体裁。体裁就是文学作品组织材料、表达思想所呈现出来的外部固定形式。在文学发展史上，出现了多种多样的文学体裁，如神话、史诗、悲剧、喜剧、寓言、小说、诗歌、散文、杂文、报告文学、影视文学等。体裁有多种分类方法，有所谓"二分法""三分法""四分法""五分法"等。二分法把文学体裁分成叙事类作品和抒情类作品，三分法分成叙事类、抒情类和戏剧类，四分法则分成诗歌、小说、散文和戏剧，五分法则还要加上一个影视类作品。

诗歌是最古老的一种文学样式，它的主要特点表现为：饱含着丰富的情感，具有非常生动、丰富的想象，情感热烈奔放，想象自由驰骋。情感对于诗歌来说显得更加重要，因为它往往就是情感的自然流淌、自然宣泄。诗人都有一颗火热和善感的心灵，正如艾青所说的"为什么我的眼里常含泪水？因为我对这土地爱得深沉"，诗人无限丰富的情感直接表现在诗歌里。以情来感人是所有文学作品特别是诗歌的特点，同时诗歌比起其他文学体裁来能更凝练、更集中地反映生活，所以作品的跳跃性很大，它的语言也显得更加精练，更富有音乐性，更和谐优美。诗歌按内容来分一般可以分为叙事性诗歌和抒情性诗歌，从形式上分则可以分为格律体诗、自由体诗和歌谣体诗。

黑格尔曾经说："诗须用精神性的东西作为内容，不过在对内容进行艺术加工之中，诗不能像造型艺术那样仅满足于提供感性观照的形象，也不能满足于像音乐那样从内心迸发出声音，只让心灵去领会，此外也不能采取抽象的思维形式，而是要处在直接凭感官形象的生动性和情感思想的主体性这两极之间。"① 这样看来，诗歌是介于绘画与音乐之间的艺术，诗歌并不只是情感与精神的内心爆发，也不只是感性形象的塑造，它是用艺术独有的方式凝练地表现主体的精神世界和世界的普遍实在。在黑格尔看来，诗是原始的对真实事物的观念，是一种还没有把一般和体现一般的个别具体事物割裂开来的认识，它并不是把规律和现象、目的和手段都互相对立起来，然后通过理智把它们联系起来，而是就在现象之中并且通过现象来掌握规律。黑格尔认为诗歌并不是把已经被人认识到的那种内容意蕴用形象化的方式表现出来而已，诗歌的内容与形式都是创造性的，诗歌本身就是形象和意蕴的混沌不分、普遍性和感性的混沌不分。虽然诗歌只为内心观照而工作，但并不是这种内心精神本身就是诗歌，诗歌是感性形式中的精神生活的凸显。《尚书》里就说"诗言志"，把诗歌界定在对人志向的言说上，陆机在《文赋》里说"诗缘情而绮靡"，言情又成为中国人对诗歌的一个基本

---

① 黑格尔:《美学》第 3 卷下，朱光潜译，商务印书馆 1981 年版，第 96 页。

认识。刘勰在《文心雕龙》里认为"诗者，持也，持人情性"。诗者，志之所之，情之所至，这是中国人对诗歌的一个基本理念。

　　小说作为一种文艺的体裁在现代文艺中占有重要的地位。"小说"这个词在汉语里很早就出现了，鲁迅先生曾经指出："小说之名，昔者见于庄周之云'饰小说以干县令'（《庄子·外物》），然案其实际，乃谓琐屑之言，非道术所在，与后来所谓小说者固不同。"① 小说在这里是"琐屑之言"的意思，并不是我们所知的文学体裁意义上的小说。而后来班固指出："小说家者流，盖出于稗官，街谈巷语，道听途说者之所造也。"② 班固在这里把小说看作稗官野史、街谈巷语之作，是不登大雅之堂的东西。其实，早期的神话传说故事、志怪、志神、杂录、传奇等可以说就是中国小说的源头。而宋之话本，宋元之拟话本，元明以来的讲史小说、神魔小说、章回体小说、人情小说，清以来的讽刺小说、狭邪小说、公案侠义小说以及谴责小说，等等，则使小说这种体裁在中国慢慢成为一个重要的文学形式。梁启超甚至提出"欲新一国之民，必先新一国之小说"这样的口号，把小说抬高到一个空前的地位。实际上，小说是一种综合运用语

---

① 鲁迅：《鲁迅全集》第9卷，人民文学出版社1981年版，第5页。
② 班固：《汉书》第6册，颜师古注，中华书局1962年版，第1745页。

言艺术的各种表现方法来塑造人物形象、反映社会生活的叙事性文学体裁，可以广角度、全方位地反映社会生活，多方面地刻画人物性格。小说的故事情节更加完整、生动和复杂，和其他体裁比起来可以更加充分地、多方面地描绘人物活动的环境，特别是长篇小说，其容量巨大，如巴尔扎克的《人间喜剧》，可以说是一部时代的风俗史，是时代的百科全书。

散文作为一种文学体裁在古代泛指一切文学和非文学的散行体文章，到了五四运动前后，人们才把两者分开，将文学性的散文与诗歌、小说、戏剧一起并列为一种文学体裁。散文作为一种独立的文学体裁，主要特点是题材特别广泛，表现方式灵活，形式也多种多样，能够迅速、及时地反映现实生活，语言与小说比起来显得更凝练优美一些，更富于诗情。根据内容的性质可将散文分为抒情性、叙事性和政论性三大类。

戏剧文学是供戏剧演出使用的剧本，是戏剧艺术当中具有文学性的部分。戏剧文学一方面直接规定着戏剧演出的人物、情节、结构和主题，另一方面又受戏剧艺术的特殊要求制约，同其他文学体裁比较有着明显的特殊性。戏剧是一种集文学、音乐、绘画、舞蹈、建筑等艺术形式于一体的以塑造舞台形象为宗旨的综合性艺术。为了适合演出，戏剧文学就更应该有高度集中的场景、情节和人物关系，而且要有尖锐、集中和完整的戏剧冲突。比如郭沫若写《屈原》，屈原的身世那么丰富，他只写了屈原的一天，就是为了集中故事和矛盾冲突。新古典主义强调戏剧创作的"三一律"，要求时间为一天、地点为同一个和情节要一致，就是要求作家集中表现戏剧冲突而不是漫天乱跑，虽然限制了作家创作的自由，但对于戏剧矛盾的集中，还是很有用的。戏剧文学的一个特点就是它主要是靠人物的语言和行动来推动故事的发展的，动作性和口语化都特别明显，这当然是为了适合表演的缘故。戏剧的生命与核心是高度集中的戏剧冲突，这些冲突是社会矛盾的集中体现，不同性质的冲突形成了不同的戏剧类型，如悲剧、喜剧和正剧。

第二节 •
•
文艺作品的风格 •

　　风格是艺术家从作品的内容与形式、思想与情感的有机
统一中显示出来，并贯穿在一系列作品中的鲜明独特的风貌
和格调。一个有风格的作家是一个成熟的作家，成熟的作家
往往有自己独特的风格。我国古代的文学理论对文学风格
是十分重视的。曹丕在《典论·论文》里提出"文以气为
主"，这个"气"主要是指作家个人先天的生理气质，实际
上是指这种气质产生的文章风格，这种风格即使在父子兄弟
之间，也各不一样。刘勰在《文心雕龙》里用《体性》《风
骨》等篇章来探讨文章风格的问题，认为文章风格有典雅、
远奥、精约、显附、繁缛、壮丽、新奇、轻靡这八种，指出
了风格的多样性。而司空图在《二十四诗品》里把文章风
格概括为二十四种：雄浑、冲淡、纤浓、沉着、高古、典
雅、洗练、劲健、绮丽、自然、含蓄、豪放、精神、缜密、
疏野、清奇、委曲、实境、悲慨、形容、超诣、飘逸、旷
达、流动。他把作品的风格分得更细了，把文学风格的研究
推向一个高潮。明代胡应麟认为："清新、秀逸、冲远、和

平、流丽、精工、庄严、奇峭，名家所擅，大家之所兼也。浩瀚、汪洋、错综、变幻、雄浑、豪宕、宏廓、沉深，大家所长，名家之所短也。"① 这就是说，艺术上的"大家"在各种风格上都能够胜任，是非常全面的；而"名家"却只能在某一些风格上比较擅长，而在另一些风格上则显得无能为力了。胡应麟这种"名家"与"大家"的区分十分值得关注。从这里我们也可以看出，风格的多样与否成为一个艺术家艺术水平高低的衡量标准。塞北西风骏马与杏花春雨江南，各自风格不同，不能简单以这个来否定那个，不同风格不能简单分高下。王国维在《人间词话》中指出"境界有大小，不以是而分优劣。'细雨鱼儿出，微风燕子斜'，何遽不若'落日照大旗，马鸣风萧萧'。'宝帘闲挂小银钩'，何遽不若'雾失楼台，月迷津渡'也。"② 艺术的可贵之处正在于风格的多样化。

风格是一个作家比较稳定的创作个性、创作特点，要在一段较长的时间里、在一系列作品中都有所表现，而不只是在某个作品中如昙花一现般显现。比如欧·亨利的小说，几乎都是相同或相似的处理方法，总是以一个出人意料的结尾把故事推向高潮。比如《警察与赞美诗》写一个人总想进监

① 北京大学哲学系美学教研室：《中国美学史资料选编》下册，中华书局 1981 年版，第 143 页。
② 王国维：《王国维文集》第 1 卷，姚淦铭、王燕编，中国文史出版社 1997 年版，第 143 页。

狱，于是做出了偷别人的伞、吃饭不给钱、砸商店的玻璃等行为，可就是进不了监狱，而当他听了赞美诗想要重新做人的时候，警察却突然把他抓进了监狱。而《麦琪的礼物》则写一对恩爱的贫穷夫妻，丈夫卖了自己的怀表给妻子买了一个发夹，而妻子则卖了自己的头发给丈夫买了一条表链，这个出人意料的结果却使得两人的感情更加深厚了。欧·亨利正是以这样的方式形成了自己稳定的个性，这种创作形式被人称为"欧·亨利式结尾"。鲁迅先生的作品总是充满了犀利、深刻的思想分析，篇篇都给人极大的警醒作用，好像"投枪""匕首"一样刺向论敌，这种"一个也不饶恕"的战斗精神是鲁迅的鲜明风格。沈从文则以淡淡的哀愁来写乡村文明的美丽，语言清浅而优美。徐志摩则以浓得化不开的深情来抒写自己的哀愁与挚爱。各自形成了自己的风格。

　　作品风格的形成既来自作品的内容也来自作品的形式。艺术家在选材上进行独特的把握，就会形成自己的风格，比如老舍总是选择平凡的小市民的生活作为自己的写作对象，郁达夫则总是选择年轻人生活的欢欣与苦闷作为表现中心，金庸选择武侠世界，而琼瑶则选择爱情"桃花源"，等等。而文学作品的主题、人物形象的气质等内容上的因素也会形成作家的风格，比如徐志摩的主题总是爱情与自由，冰心的主题总是母爱、自然和童心，蒋光慈则总是革命加爱情，各不相同。在作品的形式上，比如在语言运用、体裁选择和结构安排等方面，作家也会形成自己的独特风格。巴金的作品的语言总是饱含着深情，充满着激情，没有太多理性思想的深度，但却流畅而感人，而且不时有一点四川方言的说话方式闪现在文中，这形成了巴金自己的风格。老舍的语言充满了浓郁的北京味，把北京市民的语言风味生动地展现在作品里。而梁实秋的语言则充满了书卷气，讲究工整而优美。从外国文学作品来看同样如此，莎士比亚的作品语言华美而富于激情，歌德的语言深沉而富于哲理，海明威的语言简练而干净，托尔斯泰的语言粗拙而深沉。作家的风格就是自己的标记和徽章，一旦形成便具有一定的稳定性。据说李清照的丈夫赵明诚把自己写的四十九首词和李清照的一首《醉花阴》混在一起，让他的朋友陆德夫来评哪一首最好，朋友反复赏玩，最后说，有三句与众不同，是这些词中最好的："莫道不销魂，帘卷西风，人比黄花瘦。"这正是李清照的作品，说明风格是不可替代的。严羽自称为"参诗精子"，众多不同的人的作品放在一起，他都能一一分辨出来，这正是艺术品风格稳定性的明证，比如柳永的词和苏轼的词放在一起，人们可以一下分辨出来。

关于风格有一个古老的命题，那就是所谓文如其人。风格就是人本身的说法，把人的道德品质和文章风格紧紧联系在一起。比如李白人飘逸，所以诗飘逸；杜甫人沉郁，所以诗沉郁。太白不能为子美之沉郁，子美不能为太白之飘逸，文章就是本人性情的真实反映，这个说法有一定的道理。刘勰在《文心雕龙·体性》里说："然才有庸俊，气有刚柔，学有浅深，习有雅郑，并性情所铄，陶染所凝，是以笔区云谲，文苑波诡者矣。"把作者个人的性情道德和文章风格对应起来："贾生俊发，故文洁而体清；长卿傲诞，故理侈而辞溢；子云沉寂，故志隐而味深；子政简易，故趣昭而事博。"[①]正如扬雄所说："言者心声也，书者心画也。"这种古训使我们相信一个人文好则人品必好，人品好则文品也必高，所谓有德者必有言。这种文如其人的观点当然是有道理的，不过我们也要辩证地看待这个问题，文品与人品在很多时候、很大程度上是一致的，但文品、人品毕竟是两个不同系统的概念，它们并不是永远一致的。有些人的人品不怎么样，但他的文章表现出来的品格可能并不低。比如晋朝的潘岳在生活中是一个趋炎附势的势利小人，但他的文章却表现出极其清高、洁身自好的品格来。唐朝初年的宋之问，诗歌写得不错，像"魂随南翥鸟，泪尽北枝花"的诗句写得一往情深。但是，这个宋之问，为了把他的外甥刘希夷的一首《代悲白头吟》据为己有，竟然派人用沙袋把对方压死了，这样看来，文品和人品并不总是一致的。唐初才子唐湜为了

---

① 刘勰：《文心雕龙》，黄叔琳注，纪昀评，李详补注，刘咸炘阐说，戚良德辑校，上海古籍出版社 2015 年版，第 178 页。

升官，把自己的老婆和女儿都送到东宫太子那里，供太子玩乐，丧失了一个人起码的人格，这样的"文人无行"和他的文章是并存的。作品的审美风格和人的人格有一定的关系，但并不总是对应的。比如，汤显祖写出了哀婉缠绵的《牡丹亭》，人们都以为作者一定是一个深情款款的江南文弱书生，多愁善感，但作者却是一个长得膀大腰圆的彪形大汉，使得很多见到他的女子失望并进而怀疑这样一个"粗心"的人怎么会写出那样凄婉缠绵的作品来。这样的事情也发生在当代作家冯骥才身上，当冯骥才写出感人至深的《高女人和她的矮丈夫》《三寸金莲》之时，很多人都把他想象成一个清瘦多情的文弱书生，但作者却是一个豪爽的一米九的北方大汉。

作家形成自己的风格的原因是多方面的，可以分为主客观两个方面。主观方面主要是作家自己的人格素质和审美素质，作家的经历、文化教养、个人爱好等都会使作家形成不同的风格。客观因素是时代审美风向、民族审美价值取向等社会因素，比如唐朝欣赏比较阔大的美与宋朝欣赏比较细腻柔和的美这种时代审美风向的不同，导致这两个朝代的作家风格的不同，这是不可避免的，因为谁也不能脱离历史时代的限制。风格一旦形成，往往就会形成一个比较稳定的模式，在这时，作者常常会在有意无意之间陷入同一个模式之中而难于突破创新。杨朔写散文就总是在结尾写"自己做了一个梦"，变成了蜜蜂、变成了劳动者中的一员之类的，当这种风格演变成单一的模式的时候，风格就成了一个作者需要突破超越的束缚了。在这样的时刻，艺术家往往要突破自己固有的风格来创新。

那些在思想倾向、艺术见解和艺术风格上大致相近或相同的艺术家容易形成艺术流派。艺术流派的形成有两种方式，一是艺术家自觉地组织起来，他们有自己的组织名称、理论宣言和主张，有的还创办了自己专门的艺术刊物，如"文学研究会""创造社""超现实主义""新小说""未来派""象征派"等。艺术流派形成的第二种方式是艺术家不自觉地、没有组织形式地、自然地形成流派。他们没有共同的纲领或者宣言，也没有自己的组织，只是由于在思想倾向、审美取向上大致相同或相近，后来经过一些评论家的总结归纳，被用一定的名称来概括他们的特点，从而形成了一个所谓的流派，比如我国宋朝的"江西诗派"、清朝的"桐城派"，西方的"意识流"小说、"黑色幽默"等就是属于不自觉形成的流派。艺术流派对艺术创作有促进的作用，能够自觉探寻、追求艺术的进步，但一旦艺术流派封闭起来，便时常会出现宗派主义、保守主义等倾向，这时候的流派对于艺术的创新、突破与发展也可能产生不利的影响。

艺术创作要达到的理想形态,对于叙事性作品来说是塑造典型的文学形象,对于抒情性的作品来说是营造意境。对于读者来说,对作品的印象往往首先来自里面一个个个性鲜明而又极具时代共性的人物形象,比如莎士比亚的哈姆雷特,塞万提斯的堂吉诃德,巴尔扎克的葛朗台,托尔斯泰的安娜·卡列尼娜,曹雪芹的贾宝玉,等等。对于叙事性作品来说,典型的人物形象是作品成功的关键。

一、典型人物

亚里士多德在其《诗学》里曾经指出:"一般说来,为不可能之事辩解可用如下理由:做诗的需要,作品应高于原型,以及一般人的观点。……生活中或许找不到如宙克西斯画中的人物,但这样画更好,因为艺术家应该对原型有所加工."①亚里士多德的理论可以说为艺术中如何塑造人物形象的"典型"打下了最初的理论基础。他指出:"诗人的职责不在于描述已经发生的事,而在于描述可能发生的事,即根据可然或必然的原则可能发生的事。历史学家和诗人的区别不在于是否用格律文写作(希罗多德的作品可以被改写成格律文,但仍然是一种历史,用不用格律不会改变这一点),而在于前者记述已经发生的事,后者描述可能发生的事。所以,诗是一种比历史更富哲学性、更严肃的艺术,因为诗倾向于表现带普遍性的事,而历史却倾向于记载具体事件。"②亚里士多德指出,诗歌比历史更富于哲学意味,更应该被严肃地对待。诗歌带有普遍性,这一理论非常深刻也非常值得重视。这无异于是说诗歌虽然是个别的,但它里面蕴含着人类发展过程中的某些共性,诗歌除可以按照必然律进行描述之外,更重要的是它还可以按照可然律来描绘世界。历史只是记录已经发生的事情,而诗歌除了可以记录已经发生的事情,还可以记录可能发生的或者我们希望发生的事情。诗歌与历史的区别不在于外在的形式,而在于内在的本质。历史只是"以文运事",而诗歌则可以"以文生事",也就是说,历史不能虚构,而诗歌则可以虚构:"即使在悲剧里,有的

---

① 亚里士多德:《诗学》,陈中梅译注,商务印书馆1996年版,第180页。
② 亚里士多德:《诗学》,陈中梅译注,商务印书馆1996年版,第81页。

作品除了使用一两个大家熟悉的人名外，其余的都取自虚构，有的甚至连一个这样的人名都没有，如阿伽松的《安修斯》。该剧的事件和人名都出自虚构，但仍然使人喜爱。因此，没有必要只从那些通常为悲剧提供情节的传统故事中寻找题材。"[1] 亚里士多德的这种论述为艺术创造找到了门径，为以后的典型理论打下了坚实的基础。

歌德则提出了一个关于典型"通过个别显示一般"的著名理论，他说："诗人究竟是为一般而找特殊，还是在特殊中显出一般，这中间有一个很大的分别。由第一种程序产生出寓意诗，其中特殊只作为一个例证或典范才有价值。但是第二种程序才特别适宜于诗的本质，它表现出一种特殊，并不想到或明指到一般。谁若是生动地把握住这特殊，谁就会同时获得一般，而当时却意识不到，或只是到事后才意识到。"[2] 歌德在此强调，艺术的真正本质在于通过个别而蕴含着一般，而不是为了一般抽象原理而寻找个别。个性中蕴含着共性的思想可以说是典型理论的精髓，歌德强调说："艺术的真正生命正在于对个别特殊事物的掌握和描述。此外，作家如果满足于一般，任何人都可以照样模仿；但是如果写出个别特殊，旁人就无法模仿，因为没有亲身体验过。你不

---

① 亚里士多德：《诗学》，陈中梅译注，商务印书馆 1996 年版，第 81 页。
② 朱光潜：《西方美学史》下卷，人民文学出版社 1979 年版，第 416 页。

用担心个别特殊无法引起同情共鸣。每种人物性格，不管多么个别特殊，每一件描绘出来的东西，从顽石到人，都有些普遍性；因此各种现象都经常复现，世间没有任何东西只出现一次。"① 因此，艺术形象的典型绝不是抽象的一般，而必须首先是个别性的，一般融入个别之中。

黑格尔则提出文学艺术的人物形象应该是一个"理想性格"。这个"理想性格"的人物形象应该具有丰富的性格特征，但同时又具有自己独特的个性。黑格尔指出："每个人都是一个整体，本身就是一个世界，每个人都是一个完满的有生气的人，而不是某种孤立的性格特征的寓言式的抽象品。"② 这就强调了人物形象要具有广泛的代表性，是一个完整的整体而不是某一个怪僻个性的体现，是一个"圆"的人物形象而不是一个"扁"的人物形象。比如某一个人物形象就是"勇敢"，不再有其他性格，这就不是一个丰富的活生生的人物了。在谈到戏剧人物时，黑格尔说："戏剧人物必须显得浑身有生气，必须是心情和性格与动作和目的都互相协调的定型的整体。这里的关键并不在于特殊性格特征的广度，而在把一切都融贯成为一个整体的那种深入渗透到一切的个性，实际上这个整体就是个性本身。"③ 黑格尔强调了

① 爱克曼辑录：《歌德谈话录》，朱光潜译，人民文学出版社 1978 年版，第 10 页。
② 黑格尔：《美学》第 1 卷，朱光潜译，商务印书馆 1979 年版，第 303 页。
③ 黑格尔：《美学》第 3 卷下，朱光潜译，商务印书馆 1979 年版，第 265 页。

人物性格的丰富多样，但同样强调人物性格的特殊情致、某种一以贯之的稳定的主体性，他说："要显出更大的明确性，就须有某种特殊的情致，作为基本的突出的性格特征，来引起某种确定的目的、决定和动作。"① 因此，人物形象还必须具有自己独特的某一方面的突出特征，是丰富性与自己独特性的统一。而理想人物在丰富的性格中，也必须有一个自己一贯表现出来的坚定的性格，这个坚定的性格具有恒定性，是理想人物形象必须具有的。

伟大的现实主义大师巴尔扎克也曾经谈到怎样塑造文学艺术作品的典型人物形象的问题。在巴尔扎克看来，"艺术的使命是选择分散的部分、真理的细节，以便使它们成为一个纯一的完全的整体。艺术的使命就是创造伟大的典型，并将完美的人物提到理想的高度"②。巴尔扎克认为艺术的人物形象是"理想化"的人物，他说："典型这个概念应该具有这样的意义，典型指的是人物，在这个人物身上包括着所有那些在某种程度跟他相似的人们的最鲜明的性格特征；典型是类的样本。因此，在这种或者那种典型和它的许许多多同时代人之间随时随地都可以找出一些共同点。"③ 因此，巴

---

① 黑格尔：《美学》第 1 卷，朱光潜译，商务印书馆 1979 年版，第 304 页。
② 《古典文艺理论译丛》编委会编：《古典文艺理论译丛》（三），人民文学出版社 1962 年版，第 168 页。
③ 《古典文艺理论译丛》编委会编：《古典文艺理论译丛》（十），人民文学出版社 1965 年版，第 137 页。

尔扎克强调人物形象的集中、加工、代表性、普遍性和共性。他认为塑造典型人物形象"采用的也是绘画的方法，他为了塑造一个美丽的形象，就取这个模特的手，取另一个模特的脚，取这个的胸，取那个的肩。艺术家的使命就是把生命灌注到他所塑造的这个人体里去，把描绘变成真实"①。综合种种人，杂糅成一个人物形象，巴尔扎克提供的塑造人物形象的方法是塑造典型人物的基本方法之一。

别林斯基在典型问题上则提出了著名的"熟悉的陌生人"的概念，"熟悉"是人物的共性，"陌生"是人物的个性。他指出："什么叫作作品中的典型？个人，同时又是许多人，一个人物，同时又是许多人物，也就是说，把一个人描写成这样，使他在自身中包括着表达同一概念的许多人，整类的人。"②一个人同时又是一类人的代表，这就是典型。比如奥赛罗，他代表一整类人，一整个范畴，代表所有这样嫉妒心强的人。不是一个科瓦廖夫少校，而是科瓦廖夫少校们。艺术采用现实的材料，把这材料提高到普遍的、类的、典型的意义上，用它创造出一个和谐的整体。即使在描写挑水的人的时候，也不要只描写某一个挑水的人，而是要借一个人写出一切挑水的人。这就是别林斯基的典型理论，通过

---

① 《古典文艺理论译丛》编委会编：《古典文艺理论译丛》（十），人民文学出版社1965年版，第120页。
② 别林斯基：《别林斯基选集》第2卷，满涛译，时代出版社1953年版，第24页。

一个人而反映出一类人，这个典型是某一类人的代表，个性
中具有普遍的共性。通过典型形象，把众多散落在自然世界
中的材料集中在一起，我们就可以通过典型对自然世界中某
一方面的普遍性有一个直接的认识。你想描写美人吗？细细
观看所有你碰到的美人吧——从这个人描来鼻子，从那个人
描来眼睛，从第三个人描来嘴唇——就这样，你画成了一个
美人。这就是美人的典型，我们只需看这个美人就知道所有
美人了！宙克西斯为了画克罗通城邦赫拉神殿中的一张海伦
画像而从这个城市最美的姑娘中挑选了五个模特，把她们最
美的部分集中、综合在一起创作出了海伦，人们问他为什么
画得这样慢，他回答说因为他画的是永恒物。达·芬奇说：
"画家应该研究包罗万象的大自然，应该把自己大量的理智
用在所见的一切事物上，要利用构成每一所见物体的最优良
的成分。通过这样的办法，画家的心灵就似乎变成了一面镜
子，真实地反映面前的一切，好像变成了第二自然。"[1] 这种
"典型"的做法是为了使人物形象具有某种"类"的代表性、
普遍性和真实性，从而可以让人们更好地通过这个形象认识
这一类形象。它的深层目的就是要真正反映外界事物，给人
们关于该事物的知识，它反映了人们渴望认识事物，获取关

---

[1]　吉尔伯特、库恩：《美学史》，夏乾丰译，上海译文出版社 1989 年版，第
230 页。

于事物的知识的愿望。

中国古代的文学理论中没有"典型"这样的词语概念，但是，随着戏曲小说这样的叙事性文学作品的兴起，人们也开始慢慢注意到人物形象的个性与共性结合在一起的"典型"形象问题。比如金圣叹就在《读第五才子书法》中盛赞《水浒传》人物形象个性与共性处理得非常好，他赞扬《水浒传》："三十六个人，便有三十六样出身。三十六样面孔，三十六样性格，中间便结撰得来。""《水浒传》写一百八个人性格，真是一百八样。若别一部书，任他写一千个人，也只是一样，便只写得两个人，也只是一样。"[①]从中可以看到，金圣叹已经很注意人物形象的个性问题了，把这当作作品成功的重要原因。同时，金圣叹也极注意人物形象共性中的个性问题，他说："《水浒传》只是写人粗鲁处，便有许多写法：如鲁达粗鲁是性急，史进粗鲁是少年任气，李逵粗鲁是蛮，武松粗鲁是豪杰不受羁绊，阮小七粗鲁是悲愤无说处，焦挺粗鲁是气质不好。"[②]因此，同是粗鲁，却是共性中有自己的个性。金圣叹指出，《水浒传》所叙，一百零八人，人有其性情，人有其气质，人有其形状，人有其声口，每一个人各不一样，都有自己鲜明的个性。而这个性之中又有他们

① 郭绍虞主编：《中国历代文论选》第 3 册，上海古籍出版社 1980 年版，第 245 页。
② 郭绍虞主编：《中国历代文论选》第 3 册，上海古籍出版社 1980 年版，第 245 页。

作为英雄命运的共性，共性之中有个性。这些鲜活的人物形象正是金圣叹高度评价《水浒传》的原因之所在。

典型形象是艺术作品中具有鲜明独特的个性而又足以表现一定历史条件下某些社会关系的本质和必然性的艺术形象。典型一般来说具有两个特点：一个是独特鲜明的个性，包括人物自己独有的外貌、气质、兴趣、性格、行为习惯、文化教养、特殊经历等；另一个特点是人物要有普遍深刻的共性，要能够充分揭示生活的本质，反映历史发展的必然趋势和人性的丰富，具有普遍的代表性和深刻性。比如阿Q的形象，他的所作所为、所思所想有些好像就是我们每一个人自己的言行一样，据说阿Q刚诞生的时候，鲁迅先生的很多朋友都感到很紧张，以为鲁迅先生是在讽刺他们，把他们的某些话写进去了，还以此认为鲁迅先生不够朋友，这其实就是阿Q这个人物形象共性的地方。但是阿Q毕竟是未庄的一个农民，是那样一个特定环境里的人物，这是他的个性，又是人们所不熟悉的。鲁迅先生《狂人日记》的主人公的原型是鲁迅先生的一个表兄弟，在西北做事，他忽然觉得有同事要谋害自己，便逃到北京，四处躲藏。他是一个患了迫害妄想症的精神病人。这件事情触动了鲁迅，所以他构思了一个狂人的形象。但这个表兄弟本身并没有鲁迅先生所描写的狂人对于中国文化的"诊断"，所以这个典型又远远超出原型，而且综合杂糅了很多其他的材料，是一个杂糅种种人的典型。

需要注意的是典型形象性格内涵的丰富性与类型化的问题。恩格斯在讲到典型时曾说过我们特别熟悉的话，就是"每个人都是典型，但同时又是一定的单个人，正如老黑格尔所说的，是一个'这个'"①。每个人都是典型，这强调的是人物自身性格的代表性、普遍性，而在强调普遍性时我们一定要把典型和类型化、公式化、脸谱化的僵化创作模式区分开来，恩格斯特别强调这个典型同时是一个"这个"，是有自己独特个性的"这个"，而不是泯然众人的"众人"。写人物共性的时候往往容易把人物写成了某一类别人物的象征：写好人大抵都写成大公无私、坚定不移的钢铁战士；写领袖人物大抵都把他们写得出神入化，写成崇高威严像神一样的人物；写坏人都要写得尖嘴猴腮，贼眉鼠眼，皮鞋发亮，中分发型，一眼便知是一个从头到脚都坏透了的坏人。千人一面，这种创作的类型化不是我们所说的典型化。人的性格本身是复杂的、丰富的，绝不是简单刻板的，黑格尔说："人不只具有一个神来形成他的情致；人的心胸是广大的，一个真正的人就同时具有许多神，许多神只各代表一种力量，而人却把这些力量全包罗在他的心里；全体奥林

---

① 《马克思恩格斯选集》第 4 卷，人民出版社 1972 年版，第 453 页。

波斯都聚集在他的胸中。"①黑格尔这句"全体奥林波斯都聚集在他的胸中"真是把人的丰富性、全面性提升到了令人振奋的程度，每个人都是一个整体，本身就是一个世界，每个人都是一个完满的有生气的人，而不是某种孤立的性格特征的寓言式的抽象品。用英国作家福斯特的话来说，小说人物应该是"圆的人物形象"而不是"扁的"，单一的人物形象就是一种概念化、类型化的形象，不是真正的典型。西方讲"一贯万殊"，中国讲"物相杂，故曰文"，这都要求我们在人物性格上要保持其丰富性、多样性，切忌单一性，对于典型人物，一定要抓住富有表现力的某个细节来描写、突出整个人物的内心世界、精神面貌。如《列宁在工作中》这幅油画要表现列宁在十月革命之前的一段时间里隐蔽在地下工作时的情况，最初本来准备画列宁在写作中突然听见外面有声响，竖耳细听这样一个细节，但最后改成了列宁突然有了一个重要的想法而匆忙在书桌前写作的情景：一个简陋房间内，椅子斜摆着，列宁只随意地坐了小半边，正在聚精会神地写作。这样一个生活的细节，就把列宁那种令人感到亲切的形象传神地表达出来了，这比刚开始那种正襟危坐的工作场面要更有表现力，这种独具慧眼的细节是典型的生命力之所在。

---

① 黑格尔:《美学》第 1 卷，朱光潜译，商务印书馆 1979 年版，第 301 页。

同时，典型是典型环境中的典型人物。典型形象除了要注意人物自身个性与共性的结合，还要特别注意典型人物和典型环境的统一。恩格斯在给哈克耐斯的信中指出她的《城市姑娘》中的人物形象耐丽本身是够典型的，但是如果放在那个环境里就不那么典型了，也就是说耐丽生活的那个环境产生耐丽那样的性格不是那个环境里最普遍的，因而耐丽也就不是那个时代里最典型的人物形象了。因为像耐丽那样不反抗的城市姑娘虽然是有的，但在无产阶级工人革命已经进行了半个多世纪的 19 世纪 80 年代，像耐丽那样的人并不是那个时代里最普遍存在的一种人物，不是典型环境中的典型人物。人物性格是环境的产物，所以人物性格应该与他所处的环境相一致，应该是典型性格和典型环境相结合的产物。

将人物形象进行典型化应该遵循的主要原则是：第一，当然要在生活真实的基础上集中、概括、加工和提炼，任何文学创作离不开生活，这是毋庸讳言的；第二，要通过个别来显示一般，通过具体的来揭示本质，不能只停留在抽象本质上，也不能只停留在表面现象上；第三，要把个性化和概括化有机统一起来，在个性中显示出共性来。至于具体进行典型化的方法，鲁迅先生曾经提出两种主要的方法：一是杂取种种人，合成一个，人物的模特不专用一个人，往往嘴在浙江，脸在北京，衣服在山西，是一个拼凑起来的角色；二是专以一个人为原型，以生活中某个人物原型为主，通过想象补充加工，甚至进行一定程度的改造和虚构，使原型的个性形象更加丰满，特点更为突出，更具有典型的意义。比如要写一个社会主义新劳动者的形象，便以大庆"铁人"王进喜为基本的故事原型，再把其他一些先进劳动者的事迹添加到原型身上，使这一形象更加丰满典型。托尔斯泰曾经说："如果直接写某一个真人，那写出来的决不是典型的——结果会是个别的、特殊的、索然无味的某种东西。我们正是应该从某人那里取来他的主要的、有代表性的特点，并且用观察到的另一些人的有代表性的特点来补充。那时才会是典型的。必须观察同样的许多人，才能塑造出一个特定的典型。"[①]托尔斯泰所说的典型的塑造是以一个人为主，然后杂取种种人，而如果只写一个人，托尔斯泰则认为没有典型性。雨果曾经说"科学是我们；艺术是我"，强调艺术是个性化的"我"而不是普遍共性的"我们"，而科学则是群体性的共性的普遍性的东西——"我们"，这是有道理的。不过，将科学与艺术、"我"与"我们"完全对立起来也并不可取，艺术当然首先是"我"，但这个"我"中也有"我们"，是"我"中的"我们"，是"我们"中的"我"，这两者是不可完全分开的。

---

① 转引自李庚、许觉民主编：《中国新文艺大系（1976—1982）理论一集（上卷）》，中国文联出版公司1988年版，第605—606页。

二、意境

意境是独具中国特色的文艺理论，是中国古代美学重要的范畴，是中国抒情性文艺作品的理想形态。宗白华先生曾经说："什么是意境？唐代大画家张璪论画有两句话：'外师造化，中得心源。'造化和心源的凝合，成了一个有生命的结晶体，鸢飞鱼跃，剔透玲珑，这就是'意境'，一切艺术的中心之中心。"[①] 也就是说，意境主要是艺术创作中主观情感与客观景象相交融而产生的具有丰富内涵和无限超越性的审美境界和艺术形象。如果说叙事性文学作品主要的理想形态是典型，那么抒情性文学作品的理想形态则是意境。

明确提出意境这一概念的人是唐朝的王昌龄[②]，他在《诗格》中提出诗有三境："一曰物境。欲为山水诗，则张泉石云峰之境，极丽极秀者，神之于心，处身于境，视境于心，莹然掌中，然后用思，了然境象，故得形似。二曰情境。娱乐愁怨，皆张于意而处于身，然后用思，深得其情。三曰意境。亦张之于意而思之于心，则得其真矣。"[③] 物境是指自然山水的境界，情境是指人生经历的境界，意境则是指内心意识的境界。大家知道"境"的意思就是界线、边界，

---

① 宗白华：《宗白华全集》第 2 卷，安徽教育出版社 1994 年版，第 326 页。
② 《中国大百科全书》中周振甫先生所写的"意境"条目认为，一般认为的意境为王昌龄在《诗格》中首先提出来的这一说法是假的。
③ 胡经之主编：《中国古典美学丛编》上册，中华书局 1988 年版，第 245 页。

意境简单地说就是意思可能有的界限，或者说给意思提供的活动的空间。一个意象包含着多种意义的可能性，给很多意思都提供了可能自由活动的空间，言有尽而意无穷，含不尽之意见于言外，这样的艺术形象我们就说它的意境深，相反我们则说它意境浅。

意境是一系列意象构成的情思空间，第一个特点是具有形象性。因为形象性是一切艺术的根本特性，意境也不例外。王国维在《人间词话》中曾经指出"红杏枝头春意闹"这句词，着一"闹"字而境界全出，把那种春意盎然的意境在红杏枝头这样一个形象中显现出来。再幽深的意境也必有所附丽，不能凭空出现，意境所附丽的就是一个个具体的形象，饱含着作者深情的形象。意境的第二个特点便是饱含着情感，这也是一切艺术都具有的特点。意境里更是蕴含着无尽的情感，一切景语皆情语，艺术作品里没有单纯的景与物，景与物都是情，情因景兴，景以情观，以我观物，物皆着我之色，景中有情，情融于景，景即是情，情即是景，情景一也。"枯藤老树昏鸦，小桥流水人家，古道西风瘦马，夕阳西下，断肠人在天涯"，句句是景也句句是情。意境的第三个特点是具有超越性。也就是说意境要含有多种意义的可能性，超越于语言本身所直接呈现的字面意义，言少而意丰，境生于象外，含有无限丰富的意蕴。我们读到李商隐的那些"无题"诗，它们的无限丰富的意蕴使我们觉得李商隐的诗特别有意境。意境是思与境偕，是主体情思的寄托，龚自珍曾经说："西山有时渺然隔云汉外，有时苍然堕几榻前，不关风雨晴晦也。"这说明景色有时反映的是主体的心态、心境，只要心能够超越具体的物象，就自然能够"心远地自偏"，具有某种超越的意境。意境的第四个特点是情感、形象和超然的心灵境界的完美无瑕的融合。诗以山川为境，山川亦以诗为境，意境是"象"中的"意"，"意"中的"象"，二者是水乳交融的，它没有任何刻意雕琢的痕迹，它是踏破铁鞋无处觅，得来全不费工夫的妙手偶得。

这样看来，要表现意境大致有三个层次。第一个层次是直观感性形象的渲染。意境首先要有一个感性形象，无形象便无艺术。"千山鸟飞绝，万径人踪灭，孤舟蓑笠翁，独钓寒江雪。"我们说这首诗的意境如何，那只能从一幅大雪霏霏，人迹罕至，寒翁独钓的形象画面中来体会，此外别无他途。第二个层次是人的生命情思的传达，如上面这幅画面传达给我们一种孤高峻洁的生命意识。而意境的第三个层次就是对超越人生境界的启示。柳宗元的《江雪》就启示我们一种空灵的人生境界和恒久的宇宙意识。意境既要有一往情深的缠绵悱恻，又要有狂放不羁的超旷空灵，同时还要有如诗如画的场景画面与此相匹配。只有"情"，能深入事物，获取事物的感人情致，但不能超越这个事物获取更高的空灵境界；只有"超越"，则又仅仅是空中楼阁。深情，入得其中；

超越，出得其外。入得其中而不能超越，那只是一种"情"而还不能成为"境"，出得其外而没有"情"，那只是一种冷漠的"空虚"，也还不能称为一种"境"。"仰观宇宙之大，俯察品类之盛"，"一觞一咏，亦足以畅叙幽情"，这恍然便是意境的精髓。

苏轼的《水龙吟》是很有意境的一首词："似花还似非花，也无人惜从教坠。抛家傍路，思量却是，无情有思。萦损柔肠，困酣娇眼，欲开还闭。梦随风万里，寻郎去处，又还被莺呼起。不恨此花飞尽，恨西园，落红难缀。晓来雨过，遗踪何在？一池萍碎。春色三分，二分尘土，一分流水。细看来，不是杨花，点点是离人泪。"[1] 这里面有情有景还有人生的哲理，含蓄隽永、意味深长，历来都被视为意境之佳作。而唐琬的《钗头凤》说："世情薄，人情恶，雨送黄昏花易落。晓风干，泪痕残。欲笺心事，独语斜阑。难，难，难！人成各，今非昨，病魂常似秋千索。角声寒，夜阑珊。怕人寻问，咽泪装欢。瞒，瞒，瞒！"[2] 整首词声泪俱下，一往情深，哀婉缠绵，这是情，是"情文"。但说《钗头凤》很有意境，却并不能得到一致的赞同，这里的主要原因恐怕就在于唐琬的这首词虽然有情，但那种超越性的理却显得不

---

① 唐圭璋编：《全宋词》第 1 册，中华书局 1965 年版，第 277 页。
② 唐圭璋编：《全宋词》第 3 册，中华书局 1965 年版，第 1602 页。

够。王国维说:"诗人对宇宙人生,须入乎其内,又须出乎其外。入乎其内,故能写之。出乎其外,故能观之。入乎其内,故有生气。出乎其外,故有高致。"① 因此,仅有入乎其内的"情",没有出乎其外的"理",还不能有高致,还称不上意境。意境的这种高致、超越、空灵,不是空洞,不是空虚,而是有情有理又有形象的基础上的"空"。词人周济说:"初学词求空,空则灵气往来! 既成格调,则求实,实则精力弥满。"真正的好词,既要虚空又要实在,它是实中有虚,虚中有实,虚虚实实,虚实结合的最高哲学。

要想真正理解中国艺术的意境,我们就必须自觉地越过有限的、有形的、眼前具体的实象去追寻那看不见的、无限的、无形的象外之境,那些深文隐蔚的文外之重旨,追求表象背后的大美。读者只有认识到中国艺术的这种虚化的价值取向,在接受作品时自觉地领悟中国艺术的精髓,自觉地略形貌而取神骨,在其"神"而不在其"形",在其"意"而不在其"象",在其"虚"而不在其"实",经过这样的"陶洗"之功,不拘泥于形,不拘泥于象,不拘泥于实,但见性情,不睹文字,意到便成,才能真正从中国艺术中得到那种妙在笔墨之外的美,才能于无声处听惊雷,才能对王维的雪里芭蕉心醉神迷,才能对陶渊明的无弦琴流连忘返,才能明

---

① 王国维:《人间词话》,上海古籍出版社 1998 年版,第 15 页。

白"外枯而中膏、似淡而实美"的中国艺术的至味，才能明白艺术家寄托之所在，才能与中国艺术不隔，才能真正触摸到中国艺术的精义与真谛，才能成为中国艺术的知音。

如果作品所提供的是一个辽远的空间，允许意思有无限的延展，我们就说它很有意境；而如果意思清清楚楚、明明白白，只有唯一的解释，再没有任何其他可以驰骋想象的空间，我们往往会觉得索然无味，认为其没有意境。意境就是提供给人的可以想象、再创造的空间，就是审美意象运载量伸缩的"张力"，如果"言外""画外"还有无穷的意蕴，意境自然就很大。意境的核心就是在有限的意象中寄托无限的情思。可罗列出来眼见的"象"总是有限的，而人的情感、思想却总是有无限的期待，在有限的"象"中熔铸无限的期待，这就是意境。中国古人论画有"咫尺万里"的理想，以"追光蹑影之笔，写通天尽人之怀"，在一花一鸟、一树一石、一山一水中承载无边的深意、无边的深情。"一粒沙里见世界，半瓣花上说人情"，在有限的"象"中寄寓无限的情感和对于宇宙人生的觉解，"登山则情满于山，观海则意溢于海"，钟灵毓秀，正在我辈，这是意境的精髓。盖情之所至，无所不是境，此亦"得江山之助乎"，不亦恍然有宇宙之精华，万物之灵长之叹乎！在细细格物之中，洞见广袤无垠的宇宙世界，在人生际遇的回味中，体察天人之间的和谐美妙，这如画如诗、如梦如幻、似有还无、似无还有、亦

真亦幻、亦幻亦真、难分真幻的清澈玲珑，就是意境。宗
白华先生说宋朝词人张孝祥的《念奴娇》最能表现中国艺术
追求的这种高超莹洁的境界："洞庭青草，近中秋、更无一
点风色。玉鉴琼田三万顷，着我扁舟一叶。素月分辉，明河
共影，表里俱澄澈。悠然心会，妙处难与君说。应念岭海经
年，孤光自照，肝肺皆冰雪。短发萧骚襟袖冷，稳泛沧浪空
阔。尽挹西江，细斟北斗，万象为宾客。扣舷独啸，不知今
夕何夕。"[①] 这的确是中国艺术意境的典型代表，时间、空
间，宇宙、人生，天地、人世，俱是晶莹剔透，"表里俱澄
澈"，这些都在一叶一草、一月一人之中，又在三万顷、沧
冥之外，此情此景真是发人生之浩叹，永恒与短暂，宇宙与
人生，尽在其中。这与苏轼的《赤壁赋》是完全一样的境
界，"自其变者而观之，则天地曾不能以一瞬；自其不变者
而观之，则物与我皆无尽也"。从瞬间感悟永恒，从"无"
中生出万"有"，少中见出多，超越"形"而得"神"，超越
"实"而得"虚"，这就是意境，这是中国艺术一以贯之的传
统。可以说，意境的实质就是在有限的视象、意象与情境之
中通达人生、宇宙无限的深度、广度与高度。从宋人所心慕
的"平沙落雁""远浦帆归""山市晴岚""江天暮雪""洞
庭秋月""潇湘夜雨""烟寺晚钟""渔村夕照"的"潇湘八

---

① 唐圭璋编：《全宋词》第 3 册，中华书局 1965 年版，第 1690 页。

景"来看，就是以一种淡然无奇的心境与风景相会，来意会
那无限的深情厚意和神奇的人生况味。以"有限"追寻"无
限"，在平凡之景中寄托高远的情思，这就是意境的根本，
就是意境的核心精神。

研讨专题

1. 如何提高语言的艺术性？

2. 题材与艺术成就的大小之间有怎样的关系？

3. 如何看待艺术意境与人生境界之间的关系？

拓展研读

1. 姚文放：《从形式主义到历史主义：晚近文学理论"向
外转"的深层机理探究》，北京大学出版社 2017 年版。

2. 乔纳森·卡勒：《结构主义诗学》，盛宁译，中国人民
大学出版社 2018 年版。

3. 蒲震元：《中国艺术意境论》，北京大学出版社 1995
年版。

第五章
/Chapter 5/

文艺的接受

中国很早就注意到读者对文学作品的接受这个问题，有着比较丰富的读者接受理论，这些理论的价值取向主要表现为两种：一种是以追寻作者原意为目标的接受理论，如"知人论世"以及各种笺注、疏证等；另一种是倡导阐释读者接受的多义性，张扬读者自身的主体性、创造性和能动性，如"诗无达诂"及"妙悟"等说法。

西方关于读者接受的著名的理论是接受美学。20世纪60年代兴起的接受美学认为，文学的一切都取决于读者。第一，文本是否具有文学作品的"文学性"取决于读者。没有经过读者阅读的文本只是一个"召唤结构""第一文本"，它最多只是具有某种潜在意义的"物"，只有读者与文本相结合才能形成文学作品。第二，文学作品的意义也取决于读者。它不是作家赋予作品的固定不变的东西，不是一座永恒的"纪念碑"，而是一个等待读者演奏的"乐谱"。作品的意义包括读者在自己独特的"前理解"下，在填补作品"空白"时创造性添加到作品中的意义。因此，作品的意义是一

个不断变化的指数，随读者理解的不同而不同。第三，作品
艺术价值的大小也取决于读者。作品自身所蕴含的视野与每
个读者的期待视野之间距离的大小决定了作品艺术价值的大
小。第四，作品的社会功能取决于读者。当读者阅读作品后
改变了自己的期待视野，并以行动作用于社会时，作品才有
社会功能可言。第五，作品的创新取决于读者。读者的期待
视野改变后，形成了对作品的新的期待视野，这种新需求刺
激作家创新。第六，文学史能否真的成为文学史也取决于读
者。只有读者阅读的文本才是"文学作品"，因此文学史就
是读者阅读作品的历史，接受效果不断变化的历史，否则，
文学史就成了一堆事实的堆积。总之，一切取决于每个读者
自身的存在。在接受美学那里，每个读者自身的个性、能动
性确实得到了空前的膨胀和凸显，文艺接受的问题引起了人
们空前的重视。

文 艺 美 学

第一节 •
文艺接受 •

　　读者对文学作品的接受、鉴赏是读者在阅读艺术作品的过程中，通过审美感知和再创造而达到审美享受的精神活动过程，它是艺术活动的最后一个环节，是艺术之为艺术得以实现的环节。没有艺术的鉴赏接受，艺术便不存在，存在的只是艺术品或潜在的艺术物。艺术接受活动是读者欣赏艺术作品时特有的一种审美活动，它与阅读政治、哲学、历史、经济等作品的精神活动不同，因为艺术接受的对象是审美客体而不是一般的非审美客体，而且艺术接受是以审美感知的方式去感知事物的，而不是以一般科学的或者日常生活相处的方式去感知事物，艺术接受活动的结果主要是获得一种审美享受、审美快感，而不是科学知识或者现实利益。艺术接受的审美活动并非自然而然地发生，而是需要一定的主体条件，马克思曾经说"只有音乐才能激起人的音乐感；对于没有音乐感的耳朵来说，最美的音乐也毫无意义"①，这告诉

────────

① 《马克思恩格斯全集》第 42 卷，人民出版社 1979 年版，第 125—126 页。

我们要产生艺术接受的审美活动，审美主体应该具备一定的条件，同样地，审美客体也必须具备一定的条件，要是"音乐"而不是"噪声"。

一、艺术接受的性质

第一，艺术接受是艺术发挥社会作用的中介。艺术在社会中有着重要的地位和作用，但艺术这种作用的实现离不开读者对艺术的接受和鉴赏。因此，艺术接受是发挥艺术社会作用的必不可少的中介环节。同时，艺术接受对艺术创作也有巨大的作用，因为艺术作品就是为了让读者接受，只有读者接受了作品，作家的创作才算真正完成，接受是艺术活动的结束环节，作家在创作时就是以读者的存在为基础的。读者对作品的积极接受和鉴赏会促使作家思考读者的审美喜好，促使作家创作出读者喜爱的作品。当然，艺术接受和鉴赏对读者自身也有很大的作用，读者在接受活动中可以实现自我，享受自我，认识自我，提高自我。

第二，艺术接受是一系列矛盾统一、相辅相成的活动。它是心理的活动，同时又是感官生理性的活动。人的生理活动是物质性、本能性的，心理活动是精神性、文化性的，二者存在矛盾。物质性的感官只要求直接的生理性满足，而心理活动还包括其他成分，如想象、理解等的满足。但是我们知道任何更深入的心理活动都是建立在生理活动的基础上的，文艺接受就是通过生理上的感觉器官来与客观现实发生审美关系，并对客观现实做出评价。比如我们看徐悲鸿的《奔马图》，首先要用眼睛看到存在于画布上的形象，看到那雄姿英发的奔腾的骏马，那昂扬的头颅，那飘逸的鬃毛，那奋起的马蹄，这是我们进入审美状态的基础。但是仅有形象是远远不够的，我们还必须知道奔马"励精图治"、对前途充满信心与希望，这种寓意的想象便是进一步的心理活动了。英国的经验派美学家休谟、舍夫茨别利、哈奇生等都非常强调生理上的快适是审美的特点，认为一个事物之所以是美的，就是因为它让人在生理上产生了快感。比如休谟曾经说，美之所以为美，是因为外物的形式如色彩、线条、音响以及由它们产生的和谐、均衡、对称适应了人的生理心理结构，因而使人产生了愉快的美感，认为美感就是人心的特殊结构，把美感和人的生理心理结构联系起来。在实践中，如果音乐家演奏的是欢乐的曲调，他脸上的肌肉就会松弛，表情轻松活泼；而如果演奏的是悲哀的曲调，他脸上的肌肉就会紧张，表情低沉抑郁。演员表情如此，听众也有相同的反应。这说明生理与心理在审美中是一致的，是相互关联的。但是，人的感受绝不仅仅是生理上的，牛感知到震动的红色物体就会兴奋，斗牛士就摇动红布来惹牛生气，来斗牛。人看到红色的五星红旗也会兴奋，但兴奋的原因绝不仅仅是生理上的，更多的是社会历史意义上的。中国的古诗为什么要讲押韵平仄，那是因为既有内容上的韵味给人心理上的美感，又有形式上的节奏让人生理上获得直接的美感，感官的舒适促进了心理上美感的产生。这说明美感中感官的快适与心理的满足是对立而又统一的。仅有对立，美感就失去了赖以产生的基础；仅有统一，美感也就无法深入。因此，审美活动是生理基础上的心理活动，二者辩证统一。生理的享受，毋庸讳言；但这生理的享受并不是终结，它只是一个开端，它是与更加复杂的心理活动连接在一起的。

无可否认，文艺接受是一种个人的活动，是最富于个人色彩的。个人的爱好和选择，不能用行政命令来规定，一个人喜欢什么是他的自由。有人喜欢浓情化不开的徐志摩，而有人喜欢犀利深刻的鲁迅；有人喜欢阳刚，有人喜欢阴柔；有人喜欢齐白石，而有人却对他颇有非议。对于审美欣赏来说，这种个性化是随处可见的，是一直存在的，我们也应该充分尊重这种个性。但是作为一个社会人来说，他的本质并不是由生物性来决定的，人的本质在于他在实践劳动过程中形成的社会性、历史文化性和创造超越性。因此真正的人，都有某种历史文化的共同性，要表现其共同的社会性和创造性。不管每个中国人各自审美欣赏的个性多么不一样，他们大都对那些含蓄蕴藉、意境深远的中国古诗、山水画如醉如痴，能从中得到美的享受，而美国人就比较困难。这说明人们的审美是有共同的历史文化背景的，个性是这种共同文化中的个性。不管人们的个人欣赏爱好多么不一样，人们对那种千篇一律，只有模仿而毫无创新的东西都没有太大兴趣，比如东施效颦、邯郸学步总是受到人们的嘲笑。"楚王好细腰，宫中多饿死""城中好高髻，四方高一尺"都是缺乏审美个性的表现。而那些不拘一格，具有创新精神的审美对象大都受到人们共同的赞赏，这说明人们的审美在欣赏创造性上也是一致的。人不仅"自在"地存在，而且"自为"地存在，独立和创造是人的本质所在，在审美中同样如此，所以人们共同追求创新，齐白石说"学我者死，似我者生"，布鲁姆提出后代的作家都因为担心步前任作家的后尘而心理上一直存在着"影响的焦虑"①，因为他们共同的审美追求是创新。

第三，艺术接受是一种再创造活动。艺术形象是间接形象，它的实现还有待于读者的想象和再创造。艺术鉴赏的过程不是一种消极的接受过程，而是一种结合自身情境的积极的再创造过程，一个渐进心理发展的过程。《红楼梦》中写黛玉听《牡丹亭》的曲子就是这样一个渐进深入的接受过程：

---

① 美国解构主义文论家布鲁姆认为，后辈诗人对其前辈诗人的作品往往不是一味地接受，相反倒怀着一种"防御"的心理，因此在这种对立心理的支配下，审美阅读必然是一种产生新意的"误读"，并认为"正读"也只不过是一种特殊的"误读"，是相对于强误读的弱误读。

　　这里林黛玉见宝玉去了，又听见众姊妹也不在房，自己闷闷的。正欲回房，刚走到梨香院墙角上，只听墙内笛韵悠扬，歌声婉转。林黛玉便知是那十二个女孩子演习戏文呢。只是林黛玉素习不大喜欢戏文，便不留心，只管往前走。偶然两句吹到耳内，明明白白，一字不落，唱道是："原来姹紫嫣红开遍，似这般都付与断井颓垣。"林黛玉听了，倒也十分感慨缠绵，便止住步侧耳细听，又听唱道是："良辰美景奈何天，赏心乐事谁家院。"听了这两句，不觉点头自叹，心下自思道："原来戏上也有好文章。可惜世人只知看戏，未必能领略这其中的趣味。"想毕，又后悔不该胡想，耽误了听曲子。又侧耳时，只听唱道："则为你如花美眷，似水流年……"林黛玉听了这两句，不觉心动神摇。又听到"你在幽闺自怜"等句，亦发如醉如痴，站立不住，便一蹲身坐在一块山子石上，细嚼"如花美眷，似水流年"八个字的滋味。忽又想起前日见古人诗中有"水流花谢两无情"之句，再又有词中有"流水落花春去也，天上人间"之句，又兼方才所见《西厢记》中"花落水流红，闲愁万种"之句，都一时想起来，凑聚在一处。仔细忖度，不觉心痛神痴，眼中落泪。①

这是讲艺术接受的最佳案例，是经典中的经典。我们可以看出，黛玉的整个欣赏过程从不关心到"倒也十分感慨"，再到"不觉点头自叹"，再到"不觉心动神摇"，直到"如醉如痴，站立不住"，最后"眼中落泪"，这个过程充分说明了审美接受和欣赏的过程是从不自觉到自觉的逐渐深入，是多层次的积累直到高潮的突然爆发，它不是一蹴而就的。作家的创作是一度创造，而读者的接受和鉴赏则是二度创造，这个二度创造是像林黛玉所做的那样将眼前的所见所闻以及过去的经验累积叠加在现在的文本上，从而达到接受的巅峰体验。除了这种情境的结合之外，读者对于文学接受的再创造主要表现在如下几个方面。

二、艺术再创造的表现

第一，读者对作品本身内容的补充和丰富。艺术家创作的作品本身并不是一个意义完全显现出来的明白的客体，它本身就留有很多"空白"和"未定点"，留下了很多悬念，等待读者根据自己的经验和学识去加以补充和完善。作品本

---

① 曹雪芹：《红楼梦》上册，人民文学出版社 1982 年版，第 327—328 页。

身只是一个"半成品"，是召唤读者的"召唤结构"，读者面对这样的作品，会将未尽之处具体化，从而展开再创造。比如《红楼梦》中写到贾宝玉与薛宝钗结婚，林黛玉知道后悲愤欲绝，烧了自己的书稿，躺在床上说："宝玉，你好……"那么黛玉要说的究竟是什么呢？是埋怨宝玉"你好狠心"？还是恨宝玉"你好绝情"？还是羡慕宝玉"你好幸福"？作品写到"你好……"没了下文，这就留下了空白，需要读者自己填充。再比如《诗经》中用"巧笑倩兮，美目盼兮"来形容女子的美丽；荷马写海伦的美丽只说特洛伊的元老们说，为这个女人进行十年的艰苦战争也是值得的；宋玉写隔壁女子的漂亮只说"增之一分则太长，减之一分则太短"；《陌上桑》写罗敷的美只说"来归相怨怒，但坐观罗敷"。这些女子究竟怎样美丽呢？读者完全要靠自己去想象这些美女的长相。在这一过程中，四川人想的样子和东北人想的样子不会一样，因为一来作品本身留有较大的空间，二来读者本身是千差万别的，各自都有自己不同的人生经历、情绪情感、文化教养、兴趣爱好、历史时代、生活习惯等，这些使得读者之间的审美理想、审美趣味、审美标准等会不尽相同。鲁迅先生曾说因纽特人和非洲腹地的黑人是不会懂得"林黛玉型"的，这是审美接受中不同地域、不同民族文化造成的差异，这些差异会形成读者之间不同的期待视野，不同的阅读的前理解与先结构。而读者在接受和鉴赏作品时是要把自己的这种先结构带入作品中的，都是"以我观物"，都会使作品多少带上读者自身的主观因素，是"六经注我"而不是"我注六经"，有时作品就成了读者借题发挥自己观点的载体，像晋朝的郭象注《庄子》一样，不是他去注《庄子》，而是他用《庄子》来注释他自己的思想。

第二，读者对作品艺术手法的破译。就文学艺术品来说，语言本身的含蓄多义、文学修辞手法带来的作品意义本身的不确定性、情节结构安排的匠心之处等也会给不同的人带来不同的意义。读者从这些语言文字和象征、隐喻、双关、对比、复沓等文学手段中发掘出的意义有时连作者自己都没有想到，读者对作品意义的丰富完全可能超越作者本人对作品意义的赋予。因此在阅读中出现"一千个读者眼里有一千个哈姆雷特"的现象是极其正常的。"少年听雨歌楼上"，"壮年听雨客舟中"，老年"听雨僧庐下"，自己在不同的年龄段对欣赏对象的"期待视野"是不尽相同的，少年激情"爱上层楼"，"为赋新词强说愁"，而待到"识尽愁滋味"，却是"欲说还休"。不同时期，一个人的层次不尽相同，正如禅师青原惟信所言：三十年前参禅，见山是山，见水是水，等到有个休歇处，便认为见山不是山，见水不是水，等到阅尽沧桑，老来却依然见山是山，见水是水。人生的境界随时而异，对作品的欣赏也自会不一。

文学接受中有这种差异性，当然也有一致性。鉴赏孙悟空，最后虽是不完全一样的孙悟空，但毕竟都是孙悟空，而不会鉴赏出一个林妹妹。而且在审美追求上，人们都喜欢莎士比亚的悲剧，全世界都在传诵普希金、雪莱、拜伦的诗歌，全世界都在欣赏托尔斯泰、雨果、歌德的作品，从古至今人们都在说着荷马、古希腊的悲剧，念着但丁的《神曲》，从古至今、从小到大我们都在欣赏唐诗宋词，无论少年老年，男人女人，大家都为共同的作品而激动着，高兴着，陶醉着，这说明文学接受中有一致性，这种一致性就是我们通常所说的共鸣。这种共鸣包括读者和作品中的人物的共鸣，还包括各个不同时代的读者在鉴赏同一部作品时所产生的共鸣。共鸣的产生从主体看是由于不同鉴赏主体具有一些相同的、普遍的、共同的人生价值观、世界观、审美观和生活观。从客体看是那些杰出的艺术作品具有普遍的可接受性，表现了人类某些共同的价值和理想，具有深广的意义，所以引起共鸣。具体来看，不同时代、阶级、民族的读者面临相似的现实矛盾、生活境遇、人生经验与生存环境，这些与作品中所反映的矛盾、境遇、经验与环境类似，所以人们会对这些作品产生广泛的共鸣。

　　第三，作品本身的多重意义。但丁说自己的《神曲》本身的意义并不简单，它具有多重意义：第一种是字面的意义；第二种是比喻的或神秘的意义；第三种是象征和寓言的意义。20世纪美学家罗曼·英伽登也指出文学作品本身是一个层级性的构造，有四个层次：第一层是字音与高一级的语音组合层；第二层是意义单元层；第三层是多重图式化层；第四层是再现客体层。这些观点表明作品本身具有多层次的意义层次，是一个由表及里逐渐深入的层级化的意义链条，文艺作品并不只有唯一的意义。比如李商隐的《锦瑟》究竟包含着一种什么样的情，究竟想说什么，读者是很难一言以蔽之的，它是没有"中心思想"的。其实李商隐的很多"无题"诗都是这样的，没有明确的、单一的意义，都是具有多重意义的，李商隐要给自己的诗取一个题目也很难，干脆命名为"无题"，实在是难以用一个题目概括自己多重的诗意。对于文艺作品来说，这也是基本的审美规律之一，即作品意蕴的多重性。再加上作者本人有时也没有清晰的、唯一的意图，于是在"形象大于意义"的艺术形式中孕育了多层意义。这也使得文艺的接受和鉴赏活动是一个见仁见智的创造性活动。

总体来看，文艺接受活动与一般的足球比赛、生产活动等相比，具有自身的特点，最重要的特点在于文艺接受活动是一种特殊的主体性精神活动，它是一种永远在变化创新的活动。它绝不是被动的接受活动，而是打上了接受者自己的主体性印记的活动。《堂吉诃德》中记载了这样一个故事：有一次桑丘的两个亲戚被叫来品尝一桶名牌的陈年好酒。头一个人品尝后说酒是好酒，但有一股皮革的味道；第二个人品尝后说酒是好酒，但可惜有一股铁的味道。大家都不禁嘲笑起桑丘的这两个亲戚来。但当他们把酒倒干以后，却在桶底发现了一把绑着皮条的钥匙。这说明审美接受活动的主体差异性是客观存在的。有的人因为审美的主观性而否定有任何客观的审美标准存在，发展出了怀疑主义、否定主义。休谟曾经说不同的心会看到不同的美，每个人只应当承认自己的感受，不应当企图纠正他人的感受。想发现真正的美或丑，就和妄图发现真正的甜和苦一样，纯粹是徒劳无功的。根据感官的不同，同一事物既可以是甜的，也可以是苦的。休谟把这种审美接受中的主观性问题发展到了相对主义甚至虚无主义的地步，这也是不可取的。虽然有所谓趣味无争辩的说法，但在某一个时间段、某一个群体范围之内，人们还是有大致相同的时代标准的，其价值范式是存在的，个人的趣味差异是在时代范式之内的差异。古语说"苟日新，日日新，又日新"，读者接受确实是一种总是处在创新驱动之中的活动，创新是文艺的根本。"李杜诗篇万口传，至今已觉不新鲜。江山代有才人出，各领风骚数百年。"如果说古代是各领风骚数百年，那么现代读者口味变化之快，甚至只能令作者"各领风骚三五年"了。现代的读者自我意识更加强烈，文艺接受的主体性特征更加突出，但这并不是否定文艺接受有一定标准的理由。文艺阐释有主体的差异性与创造性，但这并不意味着阐释的任意性，应该避免过度阐释。

第二节 ●
文艺批评 ●

　　文艺批评是文艺批评者在文艺鉴赏的基础上，运用文艺科学理论，对作家、作品、艺术运动、思潮、流派及文艺批评本身等艺术现象进行研究、分析和评价的一种科学活动。文艺批评与文艺鉴赏是不完全相同的，文艺鉴赏是主体个人的一种审美欣赏、审美享受活动，具有极大的主观性。而文艺批评家在面对作家、作品和其他艺术现象时，则必须最大限度杜绝自己的主观性，以科学的态度进行研究、分析和评价。普希金曾经指出，批评是科学，是揭示文学艺术作品的美和缺点的科学。文艺批评是以充分理解艺术家或作家在自己的作品中所遵循的规律，深刻研究典范的作品和积极观察当代突出的现象为基础的，它首先必须尊重客观事实。艾略特曾在其《批评的功能》中指出，一个批评家应该具有高度发达的事实感，事实感的形成是十分缓慢的，事实感发展到真理的高度大概就意味着文明的高度飞跃。实事求是的科学态度是进行文艺批评的首要条件，那种以纯粹的主观感觉喜好、个人偏爱为出发点或者以作家与自己的关系的好坏为标准，党同伐异，一味地吹捧自己的友人，而对不是自己一派的人就不分青红皂白，一味地打大棒，这种"捧"和"棒"的倾向在批评中都是常见的。乱贴标签，乱扣帽子，这对文艺的发展是十分不利的。

除了实事求是的态度，文艺批评还必须有一个相对稳定的可以操作的标准，而这个批评标准是一个历史性的概念。在孔子那里，他评价作品的标准是"思无邪"，是"文质彬彬"，是"乐而不淫，哀而不伤"，是"尽善尽美"；在古罗马的批评家贺拉斯那里，批评的标准是"合式"的原则，是模仿古希腊。毛泽东在《在延安文艺座谈会上的讲话》中也指出，评价文艺作品的标准有两个，一个是政治的标准，即看作品内容的思想性是否先进，是否符合历史发展的潮流，另一个是艺术的标准，即看作品本身的艺术性如何。既有政治的标准又有艺术的标准，那么哪一个是第一位的呢？毛泽东说："任何阶级社会中的任何阶级，总是以政治标准放在第一位，以艺术标准放在第二位的。"[①] 文艺从属于政治，这是当时特殊的历史环境造成的。恩格斯曾在致斐·拉萨尔的信中提出，评价文艺的最高标准是历史的标准和美学的标准相结合的标准，他指出："我是从美学观点和历史观点，以

----

① 《毛泽东选集》第 3 卷，人民出版社 1991 年版，第 869 页。

非常高的，即最高的标准来衡量您的作品的。"① 也就是说"德国戏剧具有的较大的思想深度和意识到的历史内容，同莎士比亚剧作的情节的生动性、丰富性的完美的融合"②。我们认为对于文艺作品的评价应该坚持历史唯物主义和辩证法的原则，从历史和艺术本身的角度科学地进行评价，不能单纯以今天的要求去求全责备古人的作品，说他们的思想高度不够，或者个性意识、民主精神不觉醒，等等。我们应在作者生活的历史环境中去评价作家、作品和各种文学现象，坚持历史和艺术的结合。比如：列宁评价托尔斯泰是"俄国革命的一面镜子"，高尔基的《母亲》是一本非常及时的书；马克思评价席勒的《阴谋与爱情》是德国第一部有政治倾向的戏剧；毛泽东称赞鲁迅是中国革命的主将、新文化运动的旗手；等等。这些都是历史地看待文艺作品的位置的典范。当然，我们也绝不能单单把文艺作品当成历史教科书或者革命宣传册，它的艺术性仍然是作品的重要标准，我们采用的文艺批评的标准是恩格斯所提出的历史的标准和美学的标准相结合的标准。

对一部文学作品进行批评，当然要先阅读这部作品，再进行文学批评。这是太自然不过的事情，是最简单的道理，

---

① 《马克思恩格斯选集》第 4 卷，人民出版社 1972 年版，第 347 页。
② 《马克思恩格斯选集》第 4 卷，人民出版社 1972 年版，第 343 页。

最起码的常识，是不用说大家都应该遵循的原则。但这个最起码的常识在文学批评的实践中还是有人做不到，还是有人根本没有阅读文学作品就一本正经地批评起来，像这样违背常识的批评依然存在，是值得注意的。当前有这样不基于作品而做出的评论，以前也一样有这样的批评。茅盾面对如潮的批评，质问那些批评他的人究竟看没看过他的作品，在《读〈倪焕之〉》中他质疑道："我不知道克兴君有没有读过我的《动摇》？如果他是读过的，他总该看出来，《动摇》所描写的时代是一九二七年一月至五月，是湖北省长江上游的一个县内的事；这是写得极明白的，然而克兴君却认为是一九二七年的十二月，徒然无的放矢地大骂起来，岂不是大大的笑话！"[①] 批评家所说的内容与文学作品的内容大相径庭，让作家本人怀疑批评家根本没有看过自己的作品，让作家觉得这样的批评只是一个"大大的笑话"。这样的文学批评还有什么存在的意义呢？这样没有阅读过作品却自说自话的文学批评大量存在，文学批评要取得人们的信任自然是很难的。

不管是什么类型的文学批评，最重要的一个前提是要在文学范围之内讲理，只有弃绝随意诛心的批评才能保持文学批评的纯洁性与学理性，才能做出真正的文学批评。抛弃诛

---

① 茅盾：《茅盾文艺杂论集》上册，上海文艺出版社 1981 年版，第 290—291 页。

心式的文学批评，这是进行真正的文学批评的起点与常识之一，但某种时候这种要求也是不容易做到的。萧乾曾经在《中国文艺往哪里走?》中不无疑惑地指出近来有些批评家对于与自己脾胃不和的作品，不是"就文论文"来指摘作品缺点，而是动不动就以"富有毒素"或"反动落伍"的罪名来抨击、摧残那些作品，这说明实际的文学批评往往大大溢出了文学的范围，不是"就文论文"，而是根据文学作品的只言片语而对作者投以诛心之论。用这种捕风捉影的文学批评罗织文网，文学批评只能演变成斗争或者整人的工具，这既严厉地摧残了文学，也摧毁了文学家本人，给文学造成了严重的损失。

从中国古代文学漫长的历史来看，从文学作品的只言片语中去随意地引申挖掘、罗织诗人各种罪名的文案、诗案特别多。李白作"可怜飞燕倚新妆"，因被疑把杨玉环比作赵飞燕而被赶出宫廷；刘禹锡作"玄都观里桃千树，尽是刘郎去后栽"，因为"语涉讥刺"而遭贬斥；陆游曾经两度被罢官，罪名就是他写的诗"嘲咏风月"；苏东坡遭受乌台诗案时就有专门的小组来研究他的诗，寻找其中对于时政的讥讽，最终认定他的诗歌"包藏祸心"而将他关入大牢，害他差点丧命。像李白、刘禹锡、陆游、苏轼这样保住了性命的还算好的，古代文人因为文章而殒命的不在少数。盖宽饶拔刀自刭，杨恽被腰斩，祢衡、孔融、嵇康、吕安等皆因文获罪致死。清朝文字狱兴盛，因著书立说而死的文人就更多了：康熙时的朱方旦被参奏诬罔君上、悖逆圣道、摇惑民心而被处斩；庄廷龙因私刻《明史》而牵连七十余人在杭州被处死；戴名世因其《南山集》被诬为"逆书"而遭杀戮。清朝严酷的文字狱导致告讦之风盛行，文坛风声鹤唳，文学创作整体上呈萧条之势，在这样的风气下，真正的文学批评自然是很难出现的。但这些都毕竟要有文字证据证明其别有用心，才能定罪。在中国古代，甚至有不用什么文字证据就定其有罪的事情，汉武帝时颜异与客人交谈时，什么也没有说，只是"微反唇"，嘴唇略微动了动，就被控"腹诽"朝廷，被处以死刑。这就把诛心之论推到极致了，以此论文学确实只能把文学置于死地了。

要维持文学批评的尊严就必须以人格做后盾，不能曲意阿谀或者文人相轻，真正的批评应该是不管作品是谁的，该赞美就赞美，该批评就批评。屠格涅夫发表《前夜》后，评论家杜勃罗留波夫非常兴奋，认为这是对俄国革命"前夜"的寓言。屠格涅夫认为自己根本没有这样的意思，并要求《现代人》杂志不要发表杜勃罗留波夫的这篇评论，如果发表就要断绝和杂志主编涅克拉索夫的关系。但涅克拉索夫最后不顾屠格涅夫的反对，还是发表了杜勃罗留波夫的论文，中断了与屠格涅夫的友谊。陈独秀一进沈尹默的家门就大声批评他的字"其俗在骨"，面对这样刺耳的话语，沈尹默接受了，这件事促使沈尹默书法艺术为之一变，成就一段佳话。别林斯基肯定了果戈理的创作在俄国文学史上划时代的意义，但他对果戈理《与友人书简选》一书中对专制农奴制妥协的倾向也公开发文进行了愤怒的谴责，没有因为他们之间的友谊而保持沉默。只有像这样坚守自己原则的文学批评才能够无私于轻重，不偏于憎爱，也只有这样的文学批评才是真正的批评。

研讨专题

1. 怎样看待文学接受的个性与共性问题？

2. 如何处理文学欣赏与文学批评的关系？

3. 文学批评应该坚持怎样的原则？

拓展研读

1. 布莱斯勒：《文学批评：理论与实践导论》（第五版），赵勇、李莎、常培杰等译，中国人民大学出版社 2015 年版。

2. 朱立元：《接受美学导论》，安徽教育出版社 2004 年版。

3. 陈国恩：《文学欣赏与批评》，高等教育出版社 2016 年版。